키다리 아저씨

Daddy Long Legs

키다리 아저씨

차 례 Daddy Long Legs

우울한 수요일

매월 첫 주 수요일은 정말 끔찍한 날이었다. 안절부절못하며 기다리다가, 용기 내어 견뎌내고, 서둘러 잊게 되는 그런 날이었다. 바닥은 어디나 말끔해야 했고, 의자에는 티끌조차 없어야 했고, 침대보는 주름 하나 없이 정돈돼 있어야 했다. 몸부림치는 아흔일곱 명의 어린 고아들을 깨끗이 씻겨 빗질하고, 갓 풀 먹인 체크무늬 면 셔츠를 입혀 단추를 채워야 했다. 그리고 그들이 지켜야 할 예의범절을 되새기고, 후원회 이사가 말을 건넬 때 "네" 또는 "아니요"로만 답하도록 주의를 줘야 했다.

정말 힘겨운 시간이었다. 고아들 중 가장 맏언니인 제루샤 애벗은 가엾게도 그날 최전선에 서야 했다. 그렇지만 언제나 그랬듯 이번에도 그 특별한 매월 첫 주 수요일이 끝나가고 있었다. 제루샤는 식품저장실에서 손님들에게 대접할 샌드위치를 만들어놓고, 헐레벌떡 위층으로 올라갔다. 평상시에 하던 일들을 끝내야 했기 때문이다. 그녀는 F방을 맡고 있었다. 네 살에서 일곱 살까지의 고아 열한 명이 지내는 그 방에는 작은 침대 열한 개가 나란히 놓여 있었다. 제루샤는 자기가 보살펴야 하는 아이들을 불러 모았다. 아이들 드레스의 주름을 펴고, 코를 닦아주었다. 그리고 이미 식사 준비를 해놓은 식당으로 차례차례 내보냈다. 아이들은 그곳에서 빵, 우유, 말린 자두가 든 푸딩을 먹으며 행복한 삼십 분을 보낼 것이다.

이윽고 그녀는 창가 자리에 풀썩 주저앉았다. 차가운 유리창에 욱신거리는 관자놀이를 갖다 댔다. 아침 다섯 시부터 여기저기서 시키는 일들을 처리하느라 숨 돌릴 틈도 없었기 때문이다. 게다가 조금이라도 일이 지체될 때면 어김없이 신경질적인 원장의 꾸중이 들려왔다.

리펫 원장은 후원회 이사들과 부인, 방문객들 앞에서는 차분하고 격조 있는 모습을 보였지만 그들이 보지 않는 곳에서는 행동이 달라졌다. 제루샤의 시선이 얼어붙은 넓은 잔디밭을 가로질러, 고아원 구역을 표시해놓은 기다란 철제 말뚝 울타리를 넘어, 시골 마을들이 군데군데 자리 잡은 물결치는 산줄기 아래를 지나, 앙상한 나무들 한가운데에 솟아 있는 마을 첨탑까지 이어졌다.

하루가 끝났다. 그녀가 아는 한에서는 매우 성공적이었다. 후원회 이사들과 시찰 위원들이 고아원을 둘러본 다음 보고서를 읽으며 차를 마셨고, 이제 자기만의 활기찬 가정으로 돌아가려고 서두르고 있었다. 돌아가면 앞으로 한 달 동안 자기들이 맡은 귀찮은 일은 묻어놓고 지낼 것이다. 호기심과 스쳐가는 근심에 제루샤는 몸을 앞으로 기대며 마차와 자동차들이 줄지어 고아원 정문을 빠져나가는 것을 지켜보았다. 그녀는 머릿속으로 맨 앞 마차에서 또 그다음 마차를 쫓아, 산비탈에 점점이 박혀 있는 커다란 집들이 있는 곳까지 따라갔다. 모피 코트를 입고 깃털 달린 벨벳 모자를 쓴 채 마차 의자에 기대어 앉아 있는 자기 모습을 그려보았다. 마부에게 무심히 "집으로 가지!"라고 말하는 그런 모습 말이다. 그렇지만 집 문턱을 넘어서면서 상상 속 그림은 흐려지고 말았다.

제루샤는 상상력이 풍부한 아이였다. 리펫 원장이 그것 때문에 곤란한 상황에 빠질 수 있으니 조심하라고 늘 당부할 정도였다. 그런데 아무리 상상력을 동원해봐도 그 집들 현관을 넘어선 다음 장면은 그려지지 않았다. 그도 그럴 것이 제루샤는 뭐든지 열심히 하고 진취적인 아이지만, 가엾게도 17년을 살아오면서 단 한 번도 일반 가정집에 들어가 보지 못했다. 그래서 그녀는 고아들 때문에 불편을 겪지 않는 사람들의 일상을 상상할 수조차 없었던 것이다.

제—루—샤 애—벗
원장실—로
오라—신다
그러니까 서두르는 게
좋을걸!

합창단 활동을 하는 토미 딜런이 노래하며 위층으로 올라와 복도를 따라 걸어왔다. F방에 가까워질수록 노랫소리가 점점 커졌다. 제루샤는 창문에서 몸을 돌려 다시 삶의 문제들과 마주했다.

"누가 날 찾아?"

그녀가 토미의 노래를 끊으며 걱정스러운 어조로 물었다.

리펫 원장님
엄청 화난 것 같아
아—멘!

토미가 경건하게 읊조렸다. 그렇지만 완전히 악의적인 억양은 아니었다. 세상 누구보다 무신경한 고아 소년조차도,

뭔가를 잘못한 누나가 짜증이 나 있는 원장을 만나러 원장실로 끌려갈 때는 동정심을 느끼게 마련이다. 더군다나 토미는 제루샤를 좋아했다. 그녀가 때때로 자기 팔을 확 잡아당겨 코를 문질러댔어도 말이다.

제루샤는 말없이, 하지만 이마 위에 주름 두 줄이 잡힌 채 원장실로 향했다. 도대체 뭐가 잘못된 것인지 아리송했다. 샌드위치가 조금 두꺼웠나? 도넛 속에 견과류 껍질이 들어갔나? 수지 호손이 신은 스타킹에 난 구멍을 어느 부인이 봤던 것일까? 세상에나, F방의 천사 같은 아이들 중 하나가 어떤 이사님에게 버릇없이 대답한 것일까?

아래층 긴 복도는 불을 켜놓지 않아 어두웠다. 그녀가 내려오면서 보니 마지막으로 남아 있던 이사 한 명이, 마차가 기다리고 있는 문밖으로 막 나가려던 참이었다. 굉장히 큰 키가 인상적이었다. 그는 굽어진 진입로에서 기다리던 차를 향해 손을 흔들어 보였다. 차가 재빨리 움직여 순식간에 정면으로 다가왔고, 헤드라이트의 밝은 불빛에 그의 그림자가 벽 안쪽으로 길게 드리워졌다. 팔다리의 그림자가 기괴할 만큼 길고 가늘어지더니 바닥에서 복도 벽까지 뻗어 올라갔다. 마치 거대한 장님거미(다리가 아주 긴 거미-옮긴이)가 갈팡질팡하는 것처럼 보였다.

걱정으로 잔뜩 찌푸려 있던 제루샤의 얼굴에 어느새 웃

음꽃이 피었다. 그녀는 천성이 밝은 소녀였다. 아무리 사소한 것이라도 즐거워질 수 있는 핑계라면 놓치지 않았다. 후원회 이사의 위압적인 모습에서 어떤 즐거움을 이끌어낼 수 있다면, 그것은 기대치 않게 좋은 일이었다. 이 작은 에피소드로 기운을 얻은 그녀는 원장실로 들어서며 원장에게 미소를 지어 보였다. 그런데 놀랍게도 원장 역시 그녀를 향해 웃어 보였다. 정확히 말해 미소는 아니었다고 해도 눈에 띄게 상냥한, 방문객 앞에서나 보이는 유쾌한 표정을 짓고 있었던 것이다.

"제루샤, 앉아봐라. 할 말이 있단다."

제루샤는 원장과 가장 가까운 의자에 앉아 숨죽이며 다음 말을 기다렸다. 그사이 자동차 불빛이 창문을 비추며 지나갔고, 원장이 그 빛을 힐끗 쳐다보았다.

"방금 전에 나가신 분 봤니?"

"뒷모습만 봤어요."

"우리 고아원 이사님들 중에서도 최고 부자로 꼽히는 분이야. 후원금도 아주 많이 내신단다. 그런데 그분 이름은 알려줄 수 없어. 그걸 조건으로 하셨거든."

제루샤의 눈이 조금 커졌다. 원장실로 불려와 이사들의 별난 구석에 대해 이야기를 나누기는 생전 처음이었기 때문이다.

“우리 고아원의 남자아이들에게 관심을 쏟아주셨던 분이기도 해. 너도 기억하지? 찰스 벤톤과 헨리 프리즈 말이다. 모두 그 이사님이 대학을 보내주셨단다. 둘 다 열심히 공부해서 성공하는 걸로 보답했지. 그분은 다른 보답은 원치 않으시거든. 지금까지는 남자아이들한테만 자선을 베푸셨어. 우리 고아원 여자아이들이 아무리 뛰어나다 한들, 그분 관심을 나눠 받을 수가 없었단다. 아마도 여자아이들을 안 좋아하시는 것 같아. 어디까지나 내 생각이지만 말이다.”

“그렇군요, 원장님.”

제루샤가 기어들어가는 목소리로 말했다. 이쯤에서 장단을 맞춰줘야 할 것 같아서다.

“오늘 정기회의에서 네 앞날에 관한 이야기가 나왔단다.”

리펫 원장은 잠깐 침묵하더니 느리고 차분하게 말을 꺼냈다. 그러는 통에 듣는 사람은 극도로 긴장해야 했다.

“너도 알겠지만 보통은 열여섯 살이 넘으면 고아원에서 나가야 한단다. 너는 특별한 경우였지. 열네 살에 고아원 학교를 마쳤고 공부도 꽤 잘해서, 그렇다고 품행까지 늘 바르지는 않았지만, 어쨌든 마을 고등학교에 진학할 수 있었으니까 말이다. 이제 고등학교도 마쳤으니 고아원은 너를 더 이상 데리고 있을 수 없단다. 그래도 지금까지 다른 애들보다 2년이나 더 있었던 셈이지.”

리펫 원장은 제루샤가 2년 동안 고아원에서 지내는 대신 열심히 일했다는 사실은 모른 체하고 있었다. 고아원의 편의를 가장 우선시하고 자기 공부는 둘째로 쳤다는 것, 그러니까 오늘 같은 날 학교를 빼먹고 고아원을 청소했다는 사실도 함께 말이다.

"말했듯이, 네 장래에 대한 얘기가 나왔고 네 학교 성적에 대해 논의했단다. 빈틈없이 꼼꼼하게 말이다."

리펫 원장은 피고석에 앉은 죄수를 쳐다보듯 비난의 눈초리를 보냈고, 죄수는 죄책감 어린 표정을 지어 보였다. 좋지 못한 성적이 생각나서가 아니라 그냥 그래야 할 것 같았기 때문이다.

"물론 네 처지라면 일을 시작할 만한 곳에 배치되는 게 당연할 거야. 그런데 네가 특정 과목 성적이 꽤 좋더구나. 특히 영어에 소질이 있어 보였어. 우리 고아원 시찰 위원이신 프리차드 양이 너희 학교 이사회도 맡고 계셔서, 수사학 선생님과 이야기를 나누셨단다. 널 칭찬하시더구나. 또 네가 쓴 「우울한 수요일」이라는 에세이도 큰 소리로 읽으셨지."

제루샤는 다시 죄지은 표정을 지었다. 이번에는 그런 척하는 것이 아니라 진심이었다.

"너는 그렇게 많은 것을 베풀어준 우리 고아원을 웃음거리로 만들고, 그다지 고맙게 여기지도 않는 것 같더구나. 네가 재미있게 쓰려고 애쓰지 않았다면 용서받지 못했을 게다. 그렇지만 네게는 정말 다행한 일이지 뭐냐. 방금 전에 떠나신 그 신사분이 터무니없는 유머 감각을 지니신 모양이야. 그 무례하기 짝이 없는 글을 보고, 너를 대학에 보내주겠다고 제안하셨으니 말이다."

"대학에요?"

제루샤의 눈이 휘둥그레졌다. 리펫 원장이 고개를 끄덕여 보였다.

"이런저런 조건들을 의논하고 가셨단다. 좀 특이한 조건들이기는 하지만. 약간 엉뚱하신 분 같아. 글쎄, 네가 창의력이 뛰어나 보이니 작가가 될 수 있도록 교육한다고 하시지 뭐냐."

"작가요?"

제루샤는 정신이 멍해졌다. 그래서 그저 리펫 원장의 말을 따라 할 수밖에 없었다.

"그게 그분이 바라는 거란다. 앞으로 어떤 일이 벌어질지는 차츰 알게 되겠지. 그분이 네게 꽤 넉넉한 용돈을 주실 게다. 돈을 직접 관리해본 적 없는 여자아이한테는 지나치게 후한 금액이겠지. 그런데 그분이 이미 계획을 철두철미하게 세워놓으셔서, 내가 제안할 수 있는 게 하나도 없더구나. 너는 여름까지 여기 머물 거야. 프리차드 양은 또 어찌나 친절하신지, 네 준비를 돕겠다고 나서주셨단다. 기숙사비와 수업료는 대학으로 바로 지불될 거고, 대학에 다니는 4년 동안 매달 35달러씩 용돈을 받게 될 거야. 다른 학생들과 비슷한 수준으로 생활할 수 있는 돈이란다. 신사분의 개인 비서가 한 달에 한 번 보내줄 거야. 그러면 너는 그 보답으로 한 달에 한 번 감사 편지를 쓰도록 해라. 대놓고 용돈에 대해 쓰라는 말이 아니야. 그분은 그런 걸 언급하는 걸 원하지 않으시니까. 대신, 네 공부가 얼마나 향상됐는지, 대학 생활은 어떤지 자세히 쓰도록 해. 부모님이 살아 계셨다면 보낼 그런 편지 말이다. 존 스미스 씨 앞으로 편지를 쓰되 그분 비서에게 보내면 된단다. 진짜 성함이 존 스미스는 아니야. 이름 밝히기를 꺼려하시니까 그저 존 스미스 씨라고 생각하도록 해라. 그분은 편지 쓰기가 문학적 표현력을 기르는 데 가장 도움이 된다고 생각하셔. 그런데 너한테는 편지를 주고받을 가족이 없으니 그런 식으로라도 쓰기를 바라시는 거지. 게다가 네 실력이 좋아지는 과정을 지켜보고 싶은 마음도 있으시고 말이야. 하지만 그분이 답장하시는 일은 절대 없을 게다. 네 편지들을 신경 쓰시지도 않을 테고. 편지 쓰는 것도 싫어하시지만, 너 때문에 부담감을 느끼는 것도 바라지 않으시거든. 답장이 필요한 상황이라면, 비서인 그릭스 씨에게 편지를 쓰도록 해. 가령 퇴학을 맞았다거나 할 때 말이다. 물론 그런 일이 벌어져서는 안 되겠지만. 매달 편지 쓰기는 네 의무란다. 스미스 씨가 요구하는 것은 오로지 그것뿐이야. 그러니까 돈을 지불하듯이 꼼꼼하게 챙겨 보내야 해. 늘 점잖게 쓰고, 네가 교육을 잘 받고 있다는 것을 보여주어야 한단다. 존 그리어 고아원 후원회의 이사님에게 쓰는 편지라는 걸 꼭 기억하고."

제루샤가 간절한 눈빛으로 문을 쳐다보았다. 그녀의 머릿속은 흥분의 도가니였다. 리펫 원장의 고리타분한 잔소리에서 얼른 벗어나 혼자 생각할 시간을 갖고 싶었다. 그녀는 일어나 주저주저하며 뒷걸음질을 쳤다. 리펫 원장은 그녀를 붙잡으려는 몸짓을 했다. 거리낌 없이 일장 연설을 할 수 있는 기회였기 때문이다.

"네가 얻은 이 귀한 행운을 정말로 고맙게 여기리라 믿는다. 네 처지의 여자아이들 중에 출세할 기회를 누리는 애들은 많지 않단다. 늘 그 점을 명심해야……."

"저는…… 그럼요, 원장님, 감사해요. 말씀 끝나셨으면 이제 가볼게요. 프레디 퍼킨스의 바지를 꿰매야 하거든요."

그녀는 방을 나갔고, 리펫 원장은 입을 다물지 못한 채 그 모습을 가만히 지켜보았다. 원장이 끝내지 못한 연설은 허공으로 흩어져버리고 말았다.

제루샤 애벗 양이
키다리 스미스 씨께 보내는 편지들

퍼거슨홀 215호, 9월 24일

고아들을 대학에 보내주시는 친절한 이사님께

제가 드디어 이곳에 왔어요! 어제 장장 네 시간에 걸친 기차 여행을 했답니다. 재밌는 일이에요, 그렇지 않나요? 저는 난생 처음 타보는 기차였거든요.

대학은 정말 넓고, 사람을 어리둥절하게 만드는 곳이네요. 방문 밖만 나서면 늘 길을 잃고 헤맨다니까요. 조금 안정되고 나면 학교에 대해 자세히 설명해드릴게요. 제가 들을 수업도요. 수업은 월요일 오전에 시작하고, 지금은 토요일 밤이에요. 그렇지만 이사님과 친해지고 싶은 마음에 처음으로 펜을 듭니다.

모르는 누군가에게 편지를 쓰다니 조금 이상해요. 사실 제가 편지를 쓴다는 것 자체도 이상하긴 해요. 평생 동안 쓴 편지를 다 합쳐도 서너 통이 안 될 테니까요. 그러니 제 편지가 다소 부족하더라도 너그러이 봐주세요.

어제 아침 고아원을 나서기 전, 리펫 원장님과 진지한 대화를 나눴어요. 원장님께서는 앞으로 제가 어떻게 처신해야 할지, 특히 제게 많은 것을 베푸신 친절한 신사분께 어떻게 행동해야 할지 일러주셨습니다. 존경심 넘치는 자세를 보여야 한다고 말이죠.

하지만 '존 스미스 씨'로 불리고 싶은 분에게 어떻게 해야 존경심 넘치게 행동할 수 있을까요? 이왕이면 조금 개성적인 이름을 고르지 그러셨어요? 친애하는 '말뚝 씨' 또는 '장대 씨'께 편지 쓰는 편이 낫겠다 싶을 정도예요.

올여름 내내 이사님 생각을 놓지 않고 있어요. 나한테 관심 가져줄 사람이 생기니 마치 가족을 찾은 기분이네요. 누군가에게 속해 있는 것 같아 마음이 편안해요. 그런데 이사님을 떠올리면 제 상상력은 먹통이 되어버려요. 이사님에 대해 아는 것이라고는 달랑 세 가지뿐이니까요.

1. 키가 크다.
2. 부자다.

3. 여자아이들을 싫어한다.

이사님을 '여자아이를 싫어하는 아저씨'라 부를까봐요. 그런데 그건 저를 모욕하는 이름이네요. 아니면 '부자 아저씨'는 어떨까요? 이건 이사님에게 모욕적이라 안 되겠어요. 이사님한테 중요한 게 돈밖에 없는 것처럼 들리니까요. 게다가 부자라는 것은 겉으로 보이는 조건에 불과하잖아요. 그리고 평생 부자로 산다는 보장도 없죠. 월스트리트에서 거덜난 영리한 사람들이 한둘이 아니니까요. 그런데 큰 키는 영원히 바뀌지 않잖아요. 그래서 이제부터 이사님을 키다리 아저씨라 부르기로 정했어요. 싫어하지 않으시길 바라요. 그저 애칭에 불과하니까. 리펫 원장님께는 비밀로 해요.

이제 이 분 후면 열 시를 알리는 종이 울릴 거예요. 여기 하루 일과는 종소리로 구분된답니다. 종소리에 맞춰서 먹고, 자고, 공부하죠. 활기 넘치는 생활이에요. 마치 소방 마차를 끄는 말이 된 기분이라니까요. 종이 울리네요! 소등하라는 신호죠. 안녕히 주무세요.

저 정말로 규칙을 잘 지키죠? 존 그리어 고아원에서 받은 훈련 덕분이랍니다.

이사님을 존경해 마지않는

제루샤 애벗 올림

☆☆☆

10월 1일

키다리 아저씨께

우리 학교가 무척 마음에 들어요. 저를 이곳에 보내주신 아저씨도 무지 좋고요. 저는 정말, 정말 행복해요! 순간순간 어찌나 흥분되는지 잠도 못 이룰 지경이에요. 존 그리어 고아원과 이곳은 하늘과 땅 차이랍니다. 아저씨는 상상도 못 하시겠지만요. 세상에 이런 곳이 있을 줄은 꿈에도 몰랐어요. 여자아이가 아니거나 다른 이유로 이곳에 올 수 없는 사람들이 모두 안쓰러워질 정도라니까요. 분명히 아저씨가 젊은 시절 다녔던 대학도 여기만큼 좋지는 않았을 거예요.

제 방은 기숙사 위층에 있어요. 병원이 새 건물을 지어 이전하기 전까지 전염병 치료 병동으로 쓰였죠. 같은 층에 저 말고도 학생 세 명이 더 있어요. 늘 조용히 해달라고 부탁하는 안경잡이 졸업반 선배 하나와 신입생 둘이죠. 신입생들 이름은 샐리 맥브라이드와 줄리아 러틀리지 펜들턴이에요. 빨간 머리에 들창코인 샐리는 굉장히 상냥한 아이예요. 그리고 줄리아는 뉴욕 명문 집안 출신인데, 아직 저한테 관심이 전혀 없어요. 이 두 친구가 방을 함께 쓰고, 선배와 저는 각자 1인실을 쓴답니다. 신입생이 1인실을 쓰는 경우는 흔치 않아요. 방이 부족하거든요. 그런데 사전에 아무 이야기도 없이 저한테는 1인실을 내주었네요. 아마 교직원 딴에는 좋은 가정에서 자란 학생이 고아 출신과 한방을 쓰는 게 부적절하다고 생각했나봐요. 고아라서 좋은 점도 있네요!

제 방은 북서쪽 모퉁이에 있어요. 창이 두 개라 전망이 좋답니다. 18년간 스무 명이 우글거리는 방에서 생활하다 혼자 지내려니 천국이 따로 없어요. '제루샤 애벗'과 친해질 수 있는 기회가 드디어 찾아온 거죠. 아무래도 그 아이를 좋아하게 될 것 같아요. 아저씨도 그럴 것 같지 않으세요?

화요일

학교에서 신입생 농구 팀을 꾸리고 있어요. 저도 그 팀에서 뛸 수 있을 것 같아요. 물론 제 몸집이 작은 편이기는 해요. 그렇지만 아주 빠르고 강인하고 억세죠. 그러니 다른 선수들이 공중으로 높이 뛰어오를 때, 밑에서 요리조리 피해 다니며 공을 잡아채는 것쯤은 얼마든지 할 수 있답니다. 오후에 운동장에서 연습할 때면 정말 신나요. 나무들은 온통 울긋불긋 물들어 있고, 낙엽 태우는 냄새가 솔솔 풍겨오고, 게다가 모두들 웃고 소리 지르고 있으니까요. 이 여자아이들은 제가 본 중에 가장 행복한 소녀들이죠. 물론 그중에서도 제일 행복한 소녀는 바로 저고요!

제가 배우는 것들에 대해 하나도 빠짐없이 길게 쓸 생각이었어요(리펫 원장님이 아저씨께서 알고 싶어 한다고 하셨거든요). 그런데 7교시 종이 울리고 말았네요. 십 분 내로 체육복을 입고 운동장에 집합해야 한답니다. 아저씨도 제가 농구 팀에 들어가길 바라시죠?

제루샤 애벗 올림

추신(9시)

조금 전 샐리 맥브라이드가 제 방문을 열어 고개를 들이밀고 말했어요.

"집이 너무 그리워서 못 견디겠어. 너도 그러니?"

저는 살짝 웃어 보이고 "아니, 나는 잘 이겨낼 수 있을 것 같아"라고 대답했어요. 적어도 향수병은 저한테 해당 사항 없으니까요. 고아원이 그리워 병에 걸린 사람이 있다는 말은 들어본 적이 없거든요. 그렇지 않나요?

☆☆☆

10월 10일

키다리 아저씨께

미켈란젤로에 대해 들어보신 적 있으세요?

그 사람은 중세시대 이탈리아에서 활동하던 유명한 예술가였어요. 영문학 수업을 같이 듣는 학생들 모두 잘 아는 것 같았어요. 그렇지만 저는 대천사 미카엘을 말하는 줄 알았어요. 그래서 강의실이 웃음바다가 됐죠. 발음이 비슷하게 들리지 않으세요? 배운 적도 없는 많은 것들을 이미 알고 있어야 한다는 것. 바로 이게 제 대학 생활의 힘든 점이에요. 당혹스러울 때가 한두 번이 아니에요. 하지만 이제는 요령이 생겼어요. 친구들이 제가 모르는 것을 이야기하면 저는 그냥 입 다물고 있다가 나중에 백과사전을 찾아본답니다.

수업이 시작되던 첫날에도 엄청난 실수를 저질렀어요. 어떤 아이가 모리스 마테를링크(벨기에의 시인이자 극작가 –옮긴이)에 대해 말하더라고요. 그래서 저는 그가 신입생이냐고 물었죠. 이 이야기는 우스갯소리가 되어 학교 전체에 퍼졌답니다. 그렇지만 저도 다른 학생들만큼 똑똑해요. 심지어 어떤 학생들보다는 '더' 똑똑하죠!

제가 방을 어떻게 꾸몄을지 궁금하지 않으세요? 노란색과 갈색의 환상적인 조화랄까요. 벽이 담황색이라서 노란색 면 커튼과 쿠션을 사다 꾸몄어요. 그리고 적갈색 마호가니 책상(3달러짜리 중고랍니다)과 등나무 의자도 사다놓았죠. 갈색 양탄자도 깔았는데, 한가운데에 잉크 얼룩이 있어서 의자로 가렸더니 감쪽같네요.

그리고 창문이 꽤 높게 나 있어요. 보통 의자에 앉으면 밖을 내다보기 힘들죠. 그래서 거울을 뗀 서랍장에 천 덮개를 씌워서 창 쪽으로 옮겨놓았답니다. 그랬더니 창밖을 감상하기에 딱 알맞더라고요. 게다가 서랍을 열어 계단처럼 밟고 올라가면 얼마나 편리한지 몰라요!

졸업반 경매에서 그 물건들을 고를 때 샐리 맥브라이드가 도와줬어요. 그 아이는 평생을 가정집에서 살아서 잘 아니까요. 그리고 물건을 사면서 5달러짜리 지폐를 내고 거스름돈을 받았어요. 아저씨는 상상도 못 하실 거예요. 평생 5센트짜리 동전 이상은 가져본 적 없는 사람에게 이게 얼마나 재미있는 일인지. 친애하는 아저씨, 용돈을 주셔서 정말 감사합니다.

샐리는 둘째가라면 서러울 정도로 재미있는 아이예요. 그리고 줄리아 러틀리지 펜들턴은 가장 재미없는 아이고요. 교직원이 어떻게 그 두 사람을 룸메이트로 짝지어놓았는지 정말 모를 일이에요. 샐리는 모든 것이 재미있다고 생각해요. 심지어 낙제에 대해서도 마찬가지고요. 반면 줄리아는 모든 것을 따분해하죠. 그 애는 사람들에게 붙임성 있게 대하려고 하지 않아요. 펜들턴 집안 출신이라는 사실만으로 그 어떤 검증 없이도 천국에 갈 수 있다고 믿거든요. 줄리아와 저는 적이 될 운명을 타고났어요. 참, 아저씨! 제 공부에 대해 듣고 싶어서 이제나저제나 기다리셨지요?

1. 라틴어: 2차 포에니 전쟁. 한니발 장군이 이끄는 군대가 간밤에 트라시메노 호수에 진을 쳤어요. 군대는 로마군을 치려고 매복을 준비했고, 오늘 새벽 네 시에 전쟁이 발발했죠. 결국 로마군이 퇴각했답니다.
2. 프랑스어: 『삼총사』 24쪽 그리고 3군 불규칙 동사까지 진도가 나갔어요.
3. 기하학: 원기둥 부분을 마치고, 지금은 원뿔에 대해 배우고 있어요.
4. 영어: 영어 해설을 공부하고 있어요. 제 문체는 날로 명확하고 간결하게 바뀌고 있고요.
5. 생리학: 소화계까지 배웠어요. 다음 시간에 담낭과 췌장에 대해 배웁니다.

열심히 공부하고 있는

제루샤 애벗 올림

추신: 아저씨, 절대 술 드시지 마세요. 간에 치명적이에요.

수요일

키다리 아저씨께

저, 이름 바꿨어요.

학생 명부에는 아직도 '제루샤'라고 되어 있어요. 하지만 다른 곳에서는 늘 '주디'라는 이름을 써요. 하나뿐인 애칭을 스스로 짓는다는 게 그리 유쾌한 일은 아니에요. 그렇죠? '주디'라는 애칭도 제가 지은 건 아니랍니다. 프레디 퍼킨스가 말이 아직 제대로 트이지 않았을 때 부르던 이름이죠.

리펫 원장님이 아기들 이름을 조금 더 창의적으로 지으면 얼마나 좋을까요? 원장님은 성을 지을 때는 전화번호부를 활용하신답니다.

'애벗'은 첫 장에 있죠. 그리고 세례명은 아무 데서나 막 고르시죠. 심지어 '제루샤'는 묘비에 적힌 이름을 보고 지은 거예요. 제 이름이 마음에 들었던 적이 단 한 번도 없었어요. 그나마 '주디'라는 이름이 조금 나은 것 같아요.

물론 유치하기는 해요. 저 같은 여자아이 말고 귀여운 푸른 눈의 아이에게나 어울릴 법한 이름이죠. 온 가족에게 사랑받으며 응석받이로 자라서 평생을 걱정 없이 활달하게 살아온 그런 아이 말이에요.

그런 인생을 산다면 얼마나 좋을까요?

전 고아로 자랐으니 어떤 실수를 저질러도 '가족이 응석받이로 키워서 그렇다'는 비난은 나오지 않겠네요! 하지만 그렇게 곱게 자란 척하는 것도 나름 재미있어요. 그러니까 이제부터는 '주디'라 불러주세요.

있잖아요, 제게 부드러운 가죽장갑 세 켤레가 생겼어요.

저도 벙어리장갑은 갖고 있었죠. 크리스마스트리에 달려 있었던 거지만요. 그런데 진짜 가죽 손가락장갑은 처음이에요. 장갑들을 꺼내서 잠깐씩 손에 껴봐요. 교실까지 끼고 가지 않는 게 그나마 다행이랍니다.

(식사 종이 울렸어요. 안녕히 계세요.)

금요일

아저씨, 제가 얼마 전에 작문 숙제를 제출했더니 영어 교수님이 상당히 독창적인 면이 엿보인다고 말씀하셨어요. 정말이에요. 교수님께서 더도 아니고 덜도 아니고 딱 그렇게 말씀하셨다니까요. 어떻게 생각하세요? 제가 18년간 배워온 것을 고려하면 불가능해 보이지 않나요? 존 그리어 고아원은 (아저씨도 틀림없이 알고 있고 동의하신 대로) 아흔일곱 명의 고아들을 똑같은 쌍둥이로 바꾸는 것을 목표로 삼고 있으니까요.

제 비범한 예술가적 자질이 어떻게 발달했는지 아세요? 어렸을 때 나무문에 분필로 리펫 원장님을 그리면서죠.

제가 어린 시절에 지낸 곳을 헐뜯는다고 아저씨 기분이 상하지 않았으면 좋겠어요. 그렇지만 알다시피, 아저씨는 유리한 입장에 있잖아요. 제가 지나치게 버릇없이 굴면 언제든지 지원을 끊으실 수 있으니까요. 이렇게 말하는 것이 예의범절에 맞는 태도는 아니죠. 하지만 아저씨도 제가 예의

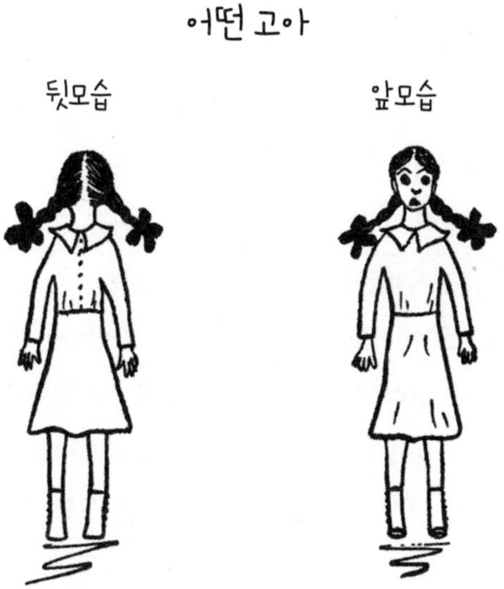

바르기를 기대하지는 마세요. 고아원이 어린 숙녀들의 교양 학교는 아니잖아요.

알고 계시겠지만, 대학 생활에서 힘든 점은 공부가 아니에요. 오히려 노는 게 어렵더라고요. 제가 친구들 말을 못 알아들을 때가 많아요. 아이들이 주고받는 농담은 주로 과거에 관한 것인데, 저를 빼고 모든 사람들이 알고 있는 것 같아요. 저는 이 세상에 갑자기 나타난 이방인이고 그들의 언어를 이해하지 못해요. 얼마나 비참한 기분이 드는지 몰라요. 평생 그런 기분을 느끼면서 살아왔어요. 고등학교 다닐 때에는 아이들이 무리 지어 서서 저를 쳐다보곤 했어요. 모두들 제가 그들과 다르다는 것을 알았죠. 제 얼굴에 '존 그리어 고아원'이라고 쓰여 있는 느낌이 들었어요. 그럴 때면 으레 동정심 많은 아이들 몇몇이 다가와서는 예의 바르게 몇 마디씩 건네곤 했어요. 정말이지 저는 그 아이들 모두가 싫었어요. 특히 동정심 베푸는 아이들이 더 싫었죠.

그런데 이곳에서는 제가 고아원에서 자랐다는 사실을 아무도 몰라요. 샐리 맥브라이드에게만 제 부모님이 돌아가셨고 친절한 노신사분이 저를 대학에 보내주셨다고 말했답니다. 어쨌거나 그게 사실이니까요. 부디 저를 겁쟁이로 여기지 말아주세요. 저도 다른 여자아이들처럼 되고 싶어요. 하지만 제 어린 시절 위로 희미하게 드리워진 '끔찍한 집'은 그 아이들과 저의 가장 큰 차이점이죠. 거기서 도망치고 그 기억을 닫아버릴 수 있다면, 저도 다른 여자아이들만큼이나 근사한 사람이 될 수 있을 것 같아요. 그것 말고 실제적이고 근본적인 차이점이 있을 거라고 믿진 않아요. 그렇겠죠?

어쨌든, 샐리 맥브라이드는 저를 좋아한답니다.

(한때 제루샤였던) 주디 애벗 올림

토요일 아침

조금 전에 이 편지를 다시 찬찬히 읽어보았어요. 정말 침울하기 짝이 없네요. 잘 모르시겠지만, 월요일 아침까지 특별 주제에 관한 리포트를 써야 하고 기하학 복습도 해야 한답니다. 게다가 재채기가 나올 정도로 심한 감기에 걸렸어요.

일요일

어제 편지를 부친다는 게, 깜빡하고 말았어요. 그래서 오늘 화났던 일에 대한 이야기를 덧붙이려고요. 오늘 아침에 주교가 설교하면서 뭐라고 말했는지 아세요?

"성경에서 우리가 받은 가장 은혜로운 언약은 바로 '가난한 자들은 항상 너희와 함께 있거니와'입니다. 그 사람들은 우리가 늘 자비심을 갖게 하려고 이 땅에 함께하는 것입니다."

가난한 자들을 유용한 가축 정도로 여기는 거죠. 제가 완벽한 숙녀가 아니었다면, 예배가 끝난 뒤 뛰어올라가 제 생각을 있는 그대로 말했을 거예요.

☆☆☆

10월 25일

키다리 아저씨께

저, 농구 팀에 들어갔어요. 아저씨가 제 왼쪽 어깨에 난 멍 자국을 보셔야 하는 건데. 푸른색과 적갈색 멍 위에 주황색 줄이 몇 개 생겼어요. 줄리아 펜들턴도 농구 팀에 들어오고

싫어 했는데 결국 못 들어왔죠. 만세!

제가 어떤 아이인지 아시겠죠?

대학 생활이 점점 좋아지고 있어요. 친구, 교수님, 수업, 캠퍼스 그리고 음식까지, 모든 것이 마음에 들어요. 일주일에 두 번 정도 아이스크림을 먹어요. 옥수수죽 같은 것은 절대 나오지 않아요.

아저씨는 제가 한 달에 한 번만 편지 쓰기를 바라셨죠? 그런데 며칠에 한 번씩 쓰고 있네요! 지금 경험하는 이 새로운 모험들이 하나같이 어찌나 흥미로운지, 누군가에게 이야기하고 싶어서 입이 근질거려 죽겠어요. 그런데 제가 아는 사람은 아저씨뿐이니 어쩌겠어요. 제가 지나치게 자주 편지를 써도 부디 용서해주시기 바랍니다. 곧 진정될 거예요. 제 편지가 지겨우시다면 언제든지 쓰레기통으로 던져버리세요. 다음 편지는 11월 중순 이후에 보낼 것을 약속합니다.

당신의 수다쟁이

주디 애벗 올림

☆☆☆

11월 15일

키다리 아저씨께

제가 오늘 배운 내용인데요, 잘 들어보세요.

'정각뿔대의 표면적은 두 밑면 길이의 합과 사다리꼴들의 높이를 곱해 2분의 1로 나눈 것이다.'

말도 안 되는 것처럼 들리지만 사실입니다. 제가 증명할 수 있어요!

아저씨, 제가 옷에 대한 이야기는 한 번도 안 했죠? 저한테는 옷이 모두 여섯 벌 있어요. 하나같이 새 옷이고 근사하답니다. 누군가가 작아서 물려준 게 아니라 저를 위해서 산 옷들이에요. 그게 고아의 인생에서 얼마나 중요하고 신나는 일인지 아마 모르실 거예요. 아저씨가 제게 그 옷들을 주신 거죠. 정말, 정말 감사합니다. 배움도 좋지만, 새 드레스 여섯 벌을 갖는 아찔한 경험에 비교할 수는 없죠. 드레스는 시찰단으로 오시는 프리처드 양이 골라주셨어요. 리펫 원장님이 고르신 게 아니라 얼마나 다행인지 몰라요. 실크에 분홍색 고급 면사를 덧대 만든 이브닝드레스(저한테 잘 어울려요), 교회 갈 때 입을 푸른색 드레스, 빨간색 베일용 천으로 만들어 동양식 테두리 장식을 덧댄 만찬용 드레스(이 옷을 입으면 집시 같아요), 장밋빛 샬리 천으로 만든 드레스, 회색 캐주얼 정장과 수업에 입고 갈 평상복 드레스예요. 줄리아 러틀리지 펜들턴에게는 우습겠지만, 제루샤 애벗한테는 아주 많은 옷들이죠. 세상에나, 이게 모두 내 옷이라니!

어쩌면 아저씨는 제루샤가 정말 경솔하고 생각 없는 작은 짐승이라고 여기실지도 모르겠네요. 여자아이를 교육하는 것이 쓸데없는 돈 낭비라고요.

그렇지만 아저씨, 평생을 체크무늬 무명옷만 입었던 사람이라면 제 기분을 충분히 공감할 거예요. 심지어 고등학교에 입학해서는 무명옷을 입는 것보다 더 힘겨운 시절을 보내기도 했답니다.

바로 불우이웃돕기 상자 덕분이지요.

그 안에 있던 옷을 입고 등교했을 때 얼마나 끔찍했는지 모르실 거예요. 하필이면 제가 교실에서 그 옷의 원래 주인이었던 아이 옆에 앉게 된 거예요. 그 아이가 다른 아이들과 속닥거리고 낄낄거리면서 손가락으로 저를 가리키더라고요. 남이 입다 버린 옷을 입어야 하는 씁쓸함은 영혼을 갉아먹는답니다. 아마 남은 생애 동안 내내 실크 스타킹을 신는다 해도, 그때 받은 상처가 아물지는 않을 거예요.

최근 전쟁 소식!

전투 현장 뉴스

11월 13일 목요일 새벽 네 시경 한니발 장군이 로마군 선발대를 물리치고 카르타고 군대를 이끌고 산을 넘어 카실리늄 평원으로 진군했습니다. 가볍게 무장하고 있던 누미디아군은 퀸투스 파비우스 막시무스 장군의 보병대와 교전을 시작했습니다. 두 번의 전투와 소규모 접전 끝에, 로마군이 큰 피해를 입고 후퇴했습니다.

전투 현장에서 특별 통신원이 되는 영광을 누린

J. 애벗 올림

추신: 아저씨에게 답장을 기대하면 안 된다는 것을 잘 알아요. 그리고 이런저런 질문으로 귀찮게 하지 말라는 주의

도 들었고요. 하지만 아저씨, 딱 한 번만 말씀해주세요. 연세가 아주 많으신가요? 아니면 그리 많은 편은 아니신가요? 그리고 완전 대머리이신가요? 아니면 조금 대머리? 기하학 공식처럼 추상적으로 아저씨에 대해 생각하려니 너무 어려워요.

여자아이를 싫어하면서도, 무례하기 짝이 없는 한 여자아이에게는 매우 관대하신 키 큰 부자 아저씨는 어떻게 생기셨을까요?

답.장.바.람.

☆☆☆

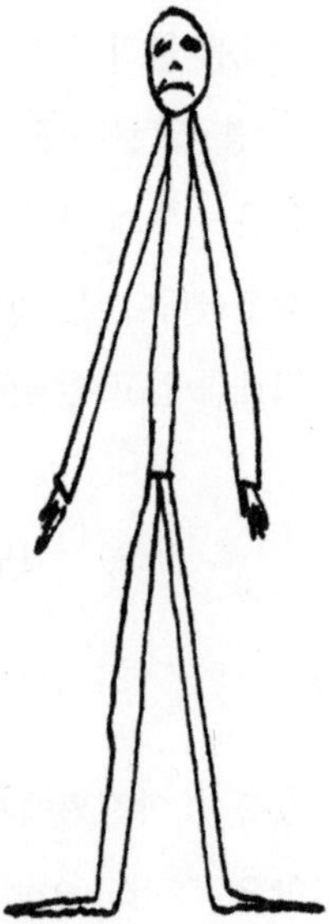

12월 19일

키다리 아저씨께

제 질문에 답이 없으시네요. 정말 중요한 일인데.

아저씨, 대머리이신가요?

아저씨 모습을 아주 꼼꼼히 그려보았어요. 정말 만족스러웠는데, 머리 부분에서 꽉 막히고 말았죠. 아저씨 머리가 백발인지 흑발인지, 아니면 살짝 회색이 섞여 있는지, 그것도 아니면 아예

민머리인지 결정할 수가 없으니까요.

자, 아저씨 초상화예요. 그런데 머리카락을 얼마나 더 그려 넣어야 할지가 문제네요.

아저씨의 눈동자 색깔이 궁금하세요? 회색이랍니다. 눈썹은 현관 지붕처럼 툭 튀어나와 있고요(소설에서는 '돌출'이라는 표현을 쓰더라고요). 그리고 꼬리가 살짝 처진 일자 입술이에요. 아, 알았다! 아저씨는 신경질적이고 말쑥한 노신사시군요.

(예배 시간 종이 울렸네요.)

밤 9시 45분

새로운 규칙을 하나 세웠어요. 다음 날 아침까지 써야 할 리포트들이 아무리 많아도 밤에는 절대 공부하지 않기. 대신 책을 읽고 있어요. 저는 그렇게 해야 해요. 18년의 공백기를 보냈잖아요. 아저씨는 제 머리가 얼마나 텅 비었는지 믿지 못하시겠지만, 전 제 무지를 여실히 깨닫고 있죠. 온전한 가정에서 가족, 친구들과 함께 지내며 도서관을 드나들었던 여자아이들은 자연스럽게 알고 있는 것들을 저는 한 번도 못 들어봤으니까요. 예를 들어볼게요. 저는 『마더 구스』『데이비드 코퍼필드』『아이반호』『신데렐라』『푸른 수염』『로빈슨 크루소』『제인 에어』『이상한 나라의 앨리스』 또는 러디어드 키플링의 시들을 전혀 들어본 적이 없어요. 저는 헨리 8세가 한 번 이상 결혼했던 것이나 메리 울스톤크래프트 셸리가 시인이었다는 사실도 몰랐죠. 사람들이 원래는 원숭이였고, 에덴동산이 아름다운 신화라는 것도 마찬가지고요. R. L. S.가 로버트 루이스 스티븐슨의 약자라는 것과 조지 엘리엇이 여자라는 것도 처음 알았어요. 「모나리자」 그림도 본 적이 없고, 믿기지 않겠지만 셜록 홈스도 들어보지 못했죠.

이제는 그것들에 대해 알게 되었고, 그 외에 다른 것들도 많이 접하게 되었죠. 그래도 여전히 제가 따라잡아야 할 것들이 얼마나 많은지 아실 수 있을 거예요. 무엇보다 이런 게 재미있어요! 종일 저녁을 기다리게 되죠. 그리고 시간이 되면 문에다 '바쁨'이라는 팻말을 걸어놓고, 빨간 목욕 가운을 걸치고 털 슬리퍼를 신은 다음, 소파에 쿠션을 잔뜩 쌓아놓고 기대앉아요. 그리고 팔꿈치 옆에 황동 램프를 켜놓고 독서 삼매경에 빠진답니다. 책 한 권으로는 충분하지 않아요. 한 번에 네 권 정도를 읽는다니까요. 지금은 테니슨의 시집과 『허영의 시장』 그리고 키플링의 『소박한 이야기』를 읽고 있답니다. 그리고, 웃으시면 안 돼요, 『작은 아씨들』도 읽고 있죠. 우리 학교에서 『작은 아씨들』을 읽지 않은 사람은 저밖에 없더라고요. 아무도 그 사실을 모르죠(말했다가는 이상한 애라는 낙인이 찍히고 말 테니까요). 그냥 슬그머니 나가서,

지난달 받은 용돈 중 1달러 12센트로 그 책을 샀어요. 앞으로 절인 라임에 대한 이야기가 나오면, 무슨 이야기인지 감을 잡을 수 있을 거예요!

(열 시 종이 쳤어요. 편지가 자꾸 끊기네요.)

토요일

아뢰옵니다.

기하학 과목에서 새로 배운 것을 보고할 수 있게 되어 영광이옵니다. 지난 금요일 평행육면체에 대한 공부를 마치고 각뿔대로 넘어갔사옵니다. 배움의 길이 힘겹고 괴롭나이다.

일요일

다음 주면 크리스마스 방학이 시작되네요. 다들 짐 가방을 꾸리고 있어요. 가방들이 복도를 점령해서 어찌나 어수선한지 지나다니기 힘들 정도죠. 그리고 모두들 흥분으로 끓어올라서 공부는 완전히 뒷전이라니까요. 저는 방학 동안 즐거운 시간을 보낼 거예요. 텍사스에서 온 다른 신입생 하나도 저처럼 집에 가지 않고 남는대요. 그래서 우리는 산책 계획을 세워뒀어요. 얼음이 얼면 스케이트도 배우기로 했어요. 게다가 도서관 가면 읽어야 할 책이 쌓여 있잖아요. 3주 내내 도서관에서 책을 읽을 수 있겠네요!

그럼, 안녕히 계세요, 아저씨. 저만큼이나 행복하시길 빌며.

당신의 주디 올림

추신: 잊지 말고 제 질문에 답해주세요. 직접 쓰기 귀찮으시면 비서한테 전보 치라고 하세요. 간단하게 대답하시면 된답니다.

스미스 씨는 완전 대머리다.
또는, 스미스 씨는 대머리가 아니다.
또는, 스미스 씨는 백발이다.

용돈을 25센트 깎으셔도 좋아요!
그럼 1월까지 안녕히 계세요. 메리 크리스마스!

☆☆☆

크리스마스가 끝나가는 어느 날, 정확한 날짜는 모름
키다리 아저씨께

아저씨가 계신 곳에도 눈이 오고 있나요? 제 기숙사에서 보이는 온 세상이 흰 눈으로 뒤덮여 있고, 팝콘처럼 큰 함박눈이 내리고 있어요. 지금은 늦은 오후예요. 차가운 노란빛

해가 더 차가운 보랏빛 언덕 너머로 뒷걸음질치고 있어요. 저는 창가 의자에 앉아 그 마지막 햇빛을 받으면서 아저씨에게 편지를 쓰고 있답니다.

아저씨가 보내주신 선물을 받고 깜짝 놀랐어요. 금화 다섯 개라니! 크리스마스 선물을 받는 것이 제게는 낯선 일이거든요. 아저씨는 이미 제게 너무나 많은 것을, 아시겠지만, 제가 갖고 있는 모든 것을 주셨어요. 제가 더 받을 자격이 있는지 모르겠어요. 그렇지만 마음에 쏙 드는 선물이었어요. 제가 그 돈으로 뭘 샀는지 궁금하시죠?

1. 가죽 상자에 든 은시계(제 손목에 차면 수업 시간에 늦지 않도록 도와주겠죠.)
2. 매슈 아널드의 시집
3. 보온 물병
4. 무릎 담요(기숙사가 추워요.)
5. 노란 용지 500장(곧 작가가 되려면 필요해요.)
6. 동의어 사전(작가로서 어휘력을 키워야 하니까요.)
7. (마지막 물품에 대해서는 털어놓고 싶지 않지만, 말씀드릴게요.) 실크 스타킹 한 켤레

그러니까 아저씨, 제가 있는 그대로 솔직히 털어놓지 않았

다고 말씀하시지 마세요!

사실 실크 스타킹을 산 이유는 그렇게 떳떳하지 못해요. 아저씨가 꼭 아셔야겠다면 말씀드릴게요. 줄리아 펜들턴이 제 방에 기하학을 공부하러 올 때면, 소파에 앉아서 실크 스타킹 신은 다리를 꼬고 있거든요. 두고 보세요. 연휴가 끝나고 그 애가 돌아오면, 저도 실크 스타킹을 신고 그 아이 방에 가서 의자에 앉아 있을 거예요. 아저씨, 저 참 형편없는 아이죠? 하지만 적어도 정직한 아이이기는 하죠. 이미 제 고아원 생활기록부를 보셔서 아시겠지만, 저는 그다지 완벽한 아이는 못 돼요.

각설하고(영어 교수님은 두 문장에 한 번씩 이 말을 덧붙인답니다), 일곱 가지 선물을 주셔서 정말 감사합니다. 저는 캘리포니아에 사는 우리 가족이 그 선물들을 한 상자에 넣어 보낸 것처럼 생각하고 있어요. 아버지가 시계를, 엄마가 담요를, 이 추운 날씨에 제가 감기에 걸릴까 늘 노심초사하시는 할머니가 보온 물병을, 그리고 남동생 해리가 노란 종이를 보냈죠. 언니 이소벨이 실크 스타킹을, 수잔 숙모가 매슈 아널드 시집을 선물해주었고요. 그리고 해리 삼촌(남동생 해리의 이름은 삼촌한테서 딴 거예요)이 사전을 주셨죠. 삼촌은 원래 초콜릿을 선물하려고 했는데, 제가 동의어 사전을 사달라고 졸랐어요.

아저씨도 이 '합성 가족'에서 한자리 맡는 게 싫지는 않으시죠?

이제 제 방학에 관한 이야기를 좀 해볼까요? 아니면 꼭 그렇게 공부 이야기만 듣고 싶으세요? '꼭 그렇게'라는 말에 담긴 미묘한 뜻을 알아주셨으면 해요. 제가 가장 최근에 배운 어휘거든요.

텍사스 출신 여학생의 이름은 레오노라 펜턴이에요. (제루샤라는 이름만큼이나 재미있지요?) 저는 그 애가 마음에 들어요. 그래도 샐리 맥브라이드가 제일 좋기는 하지만요. 샐리처럼 좋은 사람은 어디에도 없을 거예요. 물론 아저씨는 빼고요. 제가 가장 좋아하는 사람은 늘 아저씨일 거예요. 아저씨는 하나로 합쳐진 제 가족 전부잖아요. 날씨가 좋은 날이면, 레오노라와 저 그리고 2학년 두 명이서 들판을 산책하고 온 동네 구석구석을 돌아다녀요. 짧은 치마와 니트 외투를 입고 모자를 쓴 채 말이죠. 그리고 어린이용 아이스하키 스틱을 들고 이것저것 치고 다닌답니다. 우리는 6.4킬로미터 정도 떨어진 마을로 가서, 여대생들이 저녁을 즐기는 식당에 들렀죠. 석쇠에 구운 바닷가재(35센트)를 먹었답니다. 그리고 디저트로 단풍나무 시럽을 뿌린 메밀 케이크(15센트)를 시켰죠. 영양 만점인 데다 값도 저렴하더라고요.

그날 정말 즐거웠어요! 특히 저한테는요. 고아원과는 차

원이 달랐으니까요. 저는 학교 캠퍼스를 벗어날 때마다 탈옥수가 된 기분이에요. 얼마나 멋진 경험인지 미처 생각하기도 전에 입으로 떠들어대기부터 한다니까요. 숨기고 싶은 비밀을 털어놓기 직전에야, 간신히 정신을 차리죠. 제가 아는 것들을 말하지 않는 게 여간 힘든 게 아니에요. 저는 천성이 속내를 잘 털어놓는 사람이거든요. 아저씨에게라도 말하지 않았다면, 아마 폭발하고 말았을 거예요.

지난 금요일 밤에는 사탕 만들기 파티가 있었어요. 퍼거슨 기숙사 사감이 다른 기숙사에 남아 있는 학생들을 위해 열어준 거죠. 신입생, 2학년, 3학년 그리고 4학년 모두가 하나로 뭉쳤어요. 널찍한 부엌에는 돌로 된 벽에 구리 냄비와 주전자들이 나란히 걸려 있는데요, 가장 작은 찜 냄비조차 빨래 삶는 솥만큼이나 커요. 퍼거슨 기숙사에서 생활하는 여학생들이 거의 400명은 되니까요. 앞치마를 두르고 요리사 모자를 쓴 주방장이 흰 모자와 앞치마 스물두 개를 들고 왔고 (그렇게 많은 것을 어디서 가져왔는지 감도 안 와요) 우리 모두 그걸 두르고 요리사로 변신했죠.

우리가 만든 사탕이 최고로 맛있지는 않았겠지만, 어쨌든 정말 재미있었어요. 사탕 만들기가 끝난 다음, 부엌과 문손잡이까지 어디 하나 끈적거리지 않는 곳이 없었죠. 우리는 모자와 앞치마 차림 그대로 커다란 포크나 스푼 또는 프라이팬을 든 채 한 줄로 빈 복도를 행진해서 교무실 응접실로 갔어요.

그곳에서 교수님들 대여섯 명이 조용한 저녁을 보내고 있었거든요. 우리는 그분들에게 노래를 불러드리고 사탕을 대접했답니다. 그분들은 비록 정중하게 받아주기는 했지만 약간 미심쩍어하는 눈치였어요. 하지만 끈적끈적한 당밀 사탕을 빠느라 아무 말도 하지 못했고, 우리는 그분들을 뒤로하고 자리를 떴습니다.

아저씨, 아시겠죠? 제 배움이 날로 늘고 있다니까요!

아저씨는 제가 작가 말고 예술가가 되어야 한다고 생각하지 않으세요?

이틀 후면 방학이 끝나요. 친구들을 다시 만나면 기쁠 거예요. 기숙사가 약간 적막해요. 400명이 사용할 수 있는 공간에 아홉 명밖에 없으니 정말 휑한 느낌이 든다니까요.

벌써 열한 장째 쓰고 있네요. 가여운 아저씨, 편지 읽다가

지치시겠어요! 원래는 짧은 감사 편지를 쓸 생각이었는데, 일단 쓰기 시작하니 쓸 말이 너무 많아 정신없이 썼네요. 그럼 안녕히 계세요. 저를 생각해주셔서 고맙습니다. 저는 완벽하게 행복해요. 저기 지평선 위에, 작지만 금방이라도 비를 뿌릴 듯한 구름만 빼면 말이죠. 2월에 시험이 있거든요.

사랑을 가득 담아

주디 올림

추신: 혹시 '사랑을 담아'라는 인사는 좀 그런가요? 그렇다면 부디 용서해주세요. 하지만 저는 누군가를 사랑해야 해요. 그런데 후보가 아저씨와 리펫 원장님 두 분뿐이라 선택의 여지가 없네요. 알다시피 저는 원장님을 좋아할 수 없어요. 그러니까 친애하는 아저씨, 부디 참아주세요!

한밤중에
키다리 아저씨께

아저씨도 이 대학이 어떻게 공부를 시키는지 아셔야 해요! 언제 방학이었나 싶을 정도라니까요. 저는 지난 나흘 동안 불규칙 동사 57개를 외워야 했어요. 시험이 끝난 다음에도 그것들이 머릿속에 남아 있을지 미지수죠.

어떤 학생들은 시험이 끝나기 무섭게 교과서를 모두 팔아 치웠어요. 그렇지만 저는 그냥 갖고 있을래요. 졸업하고 나서 제가 배운 것을 책장에 한 줄로 정리해둘 거예요. 뭔가를 찾아봐야 할 때 망설임 없이 책장으로 달려가면 되니까요. 그걸 머릿속에 담아두려고 애쓰는 것보다 더 쉽고 정확한 방법이죠.

줄리아 펜들턴이 오늘 밤 제 방에 놀러 왔다가 한 시간 정도 있다 갔어요. 그 아이가 가족 이야기를 꺼냈는데, 도저히 입을 다물게 할 수가 없더라고요. 걔는 제 어머니의 처녀 때 성을 궁금해했어요. 고아원 출신한테 그렇게 무례한 질문이 또 있을까요? 저는 차마 모른다고 말할 용기가 없었어요. 그래서 비참하게도 가장 먼저 떠오르는 이름을 말해버렸어요. 그게 바로 '몽고메리'였죠. 그랬더니 매사추세츠의 몽고메리 집안인지 버지니아의 몽고메리 집안인지 궁금해하더라니까요.

걔네 엄마는 러더퍼드 가문 출신이래요. 그 가문은 방주를 타고 건너왔고, 헨리 8세와 친인척이래요. 아버지 쪽은 아담 이전으로 거슬러 올라가요. 그 아이 가계도의 가장 윗대에는 우수한 품종의 원숭이들이 있겠죠. 부드러운 털과 유난히 긴 꼬리를 가진 원숭이 말이에요.

원래 오늘 밤에는 아저씨에게 힘나고 즐겁고 유쾌한 이야기만 쓰려고 했어요. 그런데 졸음이 막 쏟아지는 데다 겁도 나요. 신입생은 늘 행복할 수만은 없는 운명이에요.

곧 시험을 앞둔
주디 애벗 올림

일요일
가장 친애하는 키다리 아저씨께

아저씨께 전해드릴 끔찍하고 엄청나고 무시무시한 소식 몇 가지가 있어요. 하지만 그것들은 뒤로 미뤄놓고, 먼저 아저씨 기분이 좋아질 이야기부터 전할게요.

제루샤 애벗이 작가로서 첫발을 내딛었답니다. 제가 「내 기숙사에서」라는 제목으로 쓴 시가 2월 호 월간지 첫 장에 실리게 되었어요. 신입생에게는 대단히 영광스러운 일이지 뭐예요?

어젯밤 예배가 끝난 뒤 나오는데 영어 교수님이 저를 불러 세우시더니 제 작품이 꽤 괜찮다며 칭찬해주셨어요. 너무 긴 6행만 빼고요. 아저씨도 읽고 싶으실지 모르니까 한 장 복사해서 보낼게요.

다른 즐거운 일이 더 없었나? 아, 맞다! 스케이트 배우고 있어요. 혼자서 꽤 잘 타게 되었어요. 게다가 체육실 지붕에

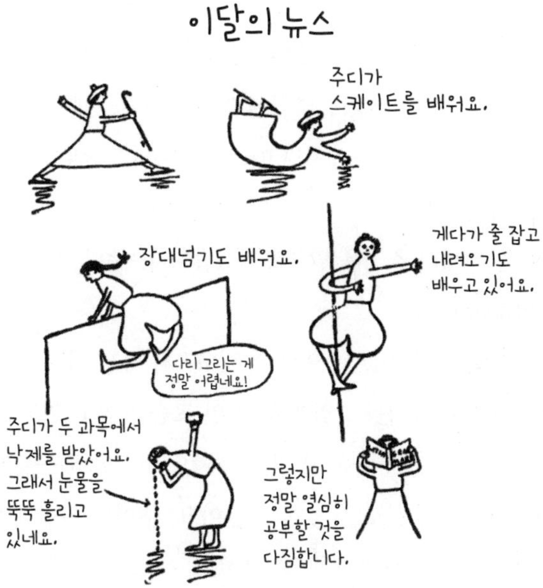

달아놓은 밧줄을 타고 내려오는 법도 배웠고요. 1미터 조금 넘는 장대를 뛰어넘을 수도 있어요. 곧 1미터 20센티미터 정도도 넘을 수 있지 않을까요.

오늘 아침 앨라배마의 주교님이 굉장히 감동적인 설교를 하셨답니다. '심판받고 싶지 않거든 남을 심판하지 말라'는 내용이었어요. 다른 사람들의 실수를 너그럽게 봐주고 가혹한 심판으로 낙담하게 하지 말라는 뜻이죠. 아저씨도 그 말씀을 들었더라면 좋았을 텐데.

오늘 오후는 그 어느 때보다 화창하고 눈부신 겨울날이었어요. 눈의 무게 때문에 굽어진 전나무와 온 세상에서 얼음이 녹아내리고 있어요. 저만 빼고요. 저는 슬픔의 무게 때문에 굽어 있거든요.

이제 문제의 소식을 말씀드리겠습니다. 주디, 용기를 내! 넌 말해야 한다고.

아저씨, 지금 기분 좋으신 것 맞죠? 저 사실, 수학과 라틴어 작문에서 낙제를 받았어요. 개인 교습을 받고 있고, 다음 달 재시험을 볼 거예요. 실망을 끼쳐드려 정말 죄송합니다. 그렇지만 저는 별로 신경 쓰지 않아요. 주어진 목록에 나오지 않는 많은 것들을 배웠으니까요.

소설 열일곱 권과 수없이 많은 시들을 읽었거든요. 『허영의 시장』『리처드 페베럴의 시련』『이상한 나라의 앨리스』 같은 필독 소설에, 에머슨의 수필들, 록하트의 『월터 스콧 경의 생애』, 그리고 에드워드 기번의 『로마 제국 쇠망사』 제1권과 벤베누토 첼리니의 자서전까지 섭렵했다고요. 첼리니는 정말 특이하지 않아요? 그는 아침을 먹기 전에 한가로이 산책을 하며 무심코 사람을 죽이곤 했대요. 저는 라틴어에만 매달린 것보다 더 많은 것을 배웠답니다.

다시는 낙제를 받지 않겠다고 다짐할 테니까, 이번 한 번만 용서해주세요, 네?

깊이 반성하는

주디 올림

☆☆☆

키다리 아저씨께

아저씨, 이번 달에는 중간에 한 번 더 편지를 쓰게 되었어요. 오늘 밤은 왠지 외롭네요. 폭풍우가 무섭게 몰아쳐요. 기숙사로 눈발이 들이치고 있어요. 캠퍼스의 불이 모두 꺼졌지만, 블랙커피를 마셔서 그런지 잠이 오질 않네요.

오늘 저녁에 샐리, 줄리아, 레오노라 펜톤을 불러 저녁 식사를 했어요. 정어리, 구운 머핀, 샐러드를 먹고, 후식으로 퍼지와 커피까지 곁들였답니다. 줄리아는 즐거웠다는 한마디뿐이었지만, 샐리는 남아서 설거지를 도와주었답니다.

오늘 밤, 라틴어를 조금 공부했어요. 그렇지만 분명한 것은 제가 최선을 다하는 라틴어 학자는 아니라는 거죠. 로마 역사가인 리비우스에 대한 공부와 키케로의 『노년에 관하여』를 마치고 지금은 『우정에 관하여』를 배우고 있어요.

잠시만, 우리 할머니인 척해주실 수 있겠어요? 샐리는 할머니 한 분이, 그리고 줄리아와 레오노라는 양가 할머니 모두 살아 계시대요. 그 아이들은 오늘 밤 자기 할머니들을 서로 비교하며 호들갑을 떨었어요. 저한테도 그런 할머니가 있으면 좋겠다는 생각으로 머릿속이 꽉 찼어요. 할머니와 손녀는 정말 훌륭한 관계인 것 같아요. 어제 시내에 갔다가 라벤더 색 리본이 장식된 예쁜 손뜨개 레이스 모자를 봤어요. 아저씨가 거부하지 않으신다면, 여든세 번째 생일 선물로 드릴게요. 예배당 시계가 열두 시를 알리네요. 잠이 오네요.

즐거운 밤 보내세요, 할머니.

정말로 사랑해요.

주디 올림

☆☆☆

3월 중순 어느 날

키다리 아저씨께

지금 라틴어 작문 공부하고 있어요. 쭉 공부하고 있었고, 계속 공부할 거예요. 앞으로도 그래야 하고요. 재시험이 다음 주 화요일 7교시거든요. 통과 아니면 낙제겠죠. 아마 다음 편지에서 결과를 전해드릴 수 있을 거예요. 그 어떤 조건으로부터도 자유롭고 온전하고 행복해져 있거나, 아니면 마음이 산산이 부서져 있겠죠.

시험이 끝나면 정말 괜찮은 편지를 쓸게요. 오늘 밤은 탈격 독립어구와 힘겨운 싸움을 해야 한답니다.

바쁘기 그지없는

J. A. 올림

☆☆☆

3월 26일

키다리 아저씨 스미스 씨께

선생님. 정말 그 어떤 질문에도 답을 하지 않으시는군요. 제가 하는 일에 손톱만큼도 관심이 없으신 거죠. 어쩌면 아저씨는 지독한 후원회 이사님들 중에서도 가장 지독한 분이실지도 모르겠어요. 저를 교육하는 이유도, 저를 향한 마음이 아니라 의무감 때문이겠죠.

전 아저씨에 대해 아는 게 눈곱만큼도 없네요. 심지어 이름도 몰라요. 그냥 '누군가'에게 편지 쓰는 것은 전혀 흥미롭지 않아요. 아저씨는 제 편지들을 읽지도 않고 쓰레기통에 던져버리시겠죠.

이제부터는 편지에 오로지 공부에 관한 이야기만 적도록 하겠습니다. 라틴어와 기하학 재시험이 지난주에 있었어요. 물론 저는 두 과목 모두 통과했고, 지금은 어떤 조건에도 얽매이지 않고 자유롭답니다.

☆☆☆

4월 2일

키다리 아저씨께

저는 정말 끔찍한 아이예요.

지난주에 아저씨께 보냈던 그 끔찍한 편지는 잊어주세요. 너무나 외롭고 비참한 데다가, 그 편지를 쓰던 날 밤에 목이 너무 아팠거든요. 그때는 잘 몰랐는데 편도선이 붓고 유행성 감기에 걸렸었더라고요. 여러 가지 일들이 얽혀 있었고 말이죠.

지금은 병원에 있어요. 입원한 지 엿새 되었죠. 처음으로 일어나 앉아서 펜을 들었답니다. 수간호사가 얼마나 기가 센지 몰라요.

하지만 제 머릿속에는 지난번 편지에 대한 생각만 끊임없이 맴돌고 있어요. 아저씨가 저를 용서하실 때까지 낫지 않을 것 같아요.

지금 제 모습이 딱 아래 그림과 똑같아요. 토끼 귀처럼 머리에 붕대를 감고 있답니다.

가여운 마음이 마구 솟지 않으세요? 설하선이 부었어요. 1년 내내 생리학을 공부하고 있는데 설하선이라는 말은 처음 들어봤어요. 교육이라는 게 얼마나 부질없는 짓인지요!

더는 못 쓰겠네요. 너무 오래 앉아 있었는지 몸이 떨려요. 무례하고 감사할 줄 모르는 저를 용서해주세요. 제발!

사랑을 가득 담아

주디 애벗 올림

☆☆☆

병원에서, 4월 4일

가장 친애하는 키다리 아저씨께

어제저녁에 어둠이 차츰 밀려올 때쯤, 침대에 앉아서 비 내리는 풍경을 하염없이 내다보고 있었어요. 큰 병원에서 지내는 삶의 지루함을 느꼈죠. 그때 간호사가 제 앞으로 온 기다란 하얀 상자를 들고 나타났어요. 그 상자에는 너무나 근사한 분홍빛 장미꽃들이 가득 들어 있었죠. 게다가 카드를 보자 기분이 더 좋아졌답니다. 힘들게 손등을 안으로 굽혀 쓴 듯한(그렇지만 굉장히 개성적이었어요) 점잖은 글이 적혀 있었죠. 아저씨, 천 번도 더 감사드립니다. 아저씨가 보내주신 꽃은 제가 처음 받아보는 진짜 선물이에요. 제가 얼마나 어린애 같은지 아세요? 너무 행복에 겨운 나머지, 누워서 펑펑 울었다니까요.

아저씨께서 제 편지를 읽으시는 것을 분명히 알았으니, 이제부터 더 재미있는 편지를 쓰려고요. 아저씨가 편지를 빨간 끈으로 묶어서 금고에 보관해두고 싶어질 정도로 말이죠. 그러니까 제발, 지난번의 그 끔찍한 편지만큼은 골라내서 태워주세요. 아저씨가 그 편지를 읽었다는 생각만 해도 너무 끔찍해요.

이렇게 골골대고 오락가락하고 비참한 신입생의 기운을 북돋워주셔서 감사합니다. 아저씨는 사랑하는 가족과 친구들이 많이 있을 테니 외로움이 어떤 감정인지 모르시겠죠. 그렇지만 저는 너무나 잘 알아요.

그럼 이만 줄일게요. 다시는 그렇게 못되게 굴지 않겠다고 약속합니다. 이제 아저씨가 진짜 사람이라는 것을 알았으니까요. 그리고 이것저것 물어서 아저씨를 귀찮게 하지 않겠다고 맹세해요.

그런데 여전히 여자아이들이 싫으신가요?

아저씨의 영원한

주디 올림

월요일 8교시

키다리 아저씨께

혹시 아저씨가 두꺼비를 깔고 앉았던 그 이사님은 아니겠죠? 두꺼비가 펑 소리를 내며 터졌다고 들었으니까, 아마도 더 뚱뚱한 이사님이었을 거예요.

아저씨, 기억나세요? 위에 창살이 달린 작은 방공호요. 존 그리어 고아원 세탁실 창문 옆에 있던 거. 봄마다 두꺼비가 한창 많을 때 잡아서 그 창문 옆 구덩이에 넣어두곤 했죠. 가끔 구덩이가 넘쳐서 두꺼비가 세탁물로 들어가는 바람에, 빨래하는 날 한바탕 즐거운 소동이 벌어지기도 했고요. 결국 모두들 엄한 벌을 받아서 풀이 죽었는데도 두꺼비 모으기는 멈추지 않았답니다.

그러던 어느 날…… 참, 너무 자세하게 얘기해서 지루하게 만들진 않을게요. 어쨌든, 가장 크고 뚱뚱하고 속이 꽉 찬 두꺼비 한 마리가 이사님들 방에 있는 큰 가죽 팔걸이 의자 위에 올라가 앉았죠. 그리고 그날 오후 이사회 때…… 아저씨도 거기 계셨으니까 나머지 이야기는 아시죠?

시간이 흘러서 냉정히 돌아보니까 벌 받을 만했던 것 같아요. 제 기억이 맞다면, 실제로 받을 만큼 받았고요.

왜 이렇게 옛 생각에 잠겨 있는지 모르겠네요. 봄이 오고 두꺼비가 겨울잠에서 깨어날 때가 되니까, 옛날처럼 잡고 싶은 본능이 꿈틀거리기는 해요. 그런데 제가 지금 두꺼비를 잡지 않는 단 하나의 이유는 '두꺼비를 잡지 말 것'이라는 규칙이 없기 때문이랍니다.

목요일, 예배 후

제가 어떤 책을 가장 좋아하는지 아세요? 지금 이 순간 말이에요. 좋아하는 책이 사흘에 한 번씩 바뀌고 있거든요. 요즘은 『폭풍의 언덕』이 제일 좋아요. 에밀리 브론테는 꽤나 어린 나이에 그 책을 썼어요. 하워스 교회 관사 밖으로는 나가본 적도 없는 데다 평생 남자들과 가까이 지낸 적도 없대요. 그런 사람이 어떻게 히스클리프 같은 남자를 상상해낼 수 있었을까요?

저라면 그렇게 못 했을 거예요. 하지만 저도 아직 어리고 존 그리어 고아원 밖으로는 나가본 적이 없었으니 그럴 가능성이 충분하네요. 때로는 제가 천재가 아니라는 생각에 끔찍한 두려움이 밀려와요. 제가 훌륭한 작가가 되지 못하면 아저씨께서 굉장히 실망하실 테죠?

모든 것이 아름답고, 푸르고, 돋아나는 봄이네요. 수업은 뒤로 제치고 밖으로 달려 나가서 날씨를 만끽하고 싶어요. 저 밖 들판에는 수많은 모험이 기다리고 있잖아요! 책을 쓰는 것보다 책처럼 사는 게 훨씬 더 즐겁답니다.

악!!!!

이 끔찍한 순간, 제가 내지른 소리를 듣고 샐리와 줄리아 그리고 복도 반대편의 졸업반 선배가 달려왔네요. 아래 그림처럼 생긴 지네 때문이에요.

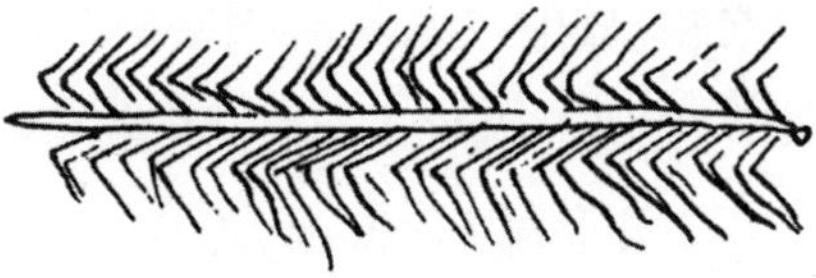

실물은 더 징그러워요. 다음에 무슨 말을 쓸까 고민하는데, 갑자기 벌레가 천장에서 제 곁으로 뚝 떨어졌어요. 저는 티 테이블에서 컵 두 개를 가져와 지네를 덮은 다음 없애보려고 노력했죠. 그런데 샐리가 제 머리빗으로 지네를 세게 후려쳤어요. 빗은 다시 못 쓰겠죠. 세상에나, 지네는 앞부분이 뭉개졌는데도 뒷부분에 50개쯤 달린 다리를 움직여 책상 밑으로 도망쳤어요.

이 기숙사는 아주 오래전에 지어진 데다가 담쟁이덩굴로 뒤덮여 있어서 지네들이 여기저기 바글거려요. 정말 끔찍한 벌레들이에요. 차라리 제 침대 밑에서 호랑이가 나오는 편이 낫겠어요.

금요일 오후 9시 30분

오늘 정말 많은 일들이 벌어졌답니다! 아침에는 기상벨을 못 듣는 바람에 늦잠을 잤어요. 허겁지겁 옷을 입다가 목 바로 밑의 깃 단추가 떨어졌죠. 게다가 구두끈도 끊어먹고요. 아침 식사 시간에 늦었고 첫 수업에도 지각했어요. 깜빡하고 압지(잉크 글씨가 번지지 않도록 흡수하는 종이-옮긴이)를 챙겨가지 않았고 만년필은 새버렸고요. 삼각함수 시간에는 대수표에 관한 사소한 문제를 놓고 교수님과 의견 충돌이 있었답니다. 찾아보니 교수님이 맞았던 것 같아요. 점심식사로는 양고기 스튜와 식용 대황이 나왔어요. 두 가지 다 제가 싫어하는 음식이죠. 고아원에서 먹던 맛이 나거든요. 제 우편함에는 청구서만 들어 있었어요. 물론 저한테 다른 편지들이 올 리는 없지만요. 오후 영어 시간에는 전혀 예상치 못했던 글쓰기 수업이 있었어요. 이런 내용이더군요.

나는 다른 어떤 것도 요구하지 않았다.
다른 어떤 것도 거부당하지 않았다.
나는 제안했다. 그것을 위해 존재하겠노라고.
그러자 힘센 상인이 미소 지었다.
브라질? 그는 단추를 만지작거렸다.
내 쪽으로는 눈길도 주지 않은 채

그러나 부인, 우리가 오늘 보여줄 수 있는
다른 것은 없습니까?

이게 시 한 편이에요. 누가 쓴 것인지, 당최 무슨 뜻인지 모르겠더라고요. 교실에 들어가보니 칠판에 이미 시가 적혀 있었고 교수님이 그걸 비평하라고 하셨죠. 첫 연을 읽을 때는 그 힘센 상인이 '사람들의 선한 행동에 축복을 내리는 신'이라는 생각이 떠올랐어요. 그런데 두 번째 연에서 그가 단추를 만지작거리는 것을 보니 제 생각이 신성 모독인 것 같았어요. 그래서 얼른 마음을 바꿨죠. 함께 수업을 듣는 다른 학생들도 곤란해하기는 마찬가지였어요. 교실에 45분이나 앉아 있었지만 답안지도, 제 머릿속도 텅 빈 상태였답니다. 교육받는다는 것은 정말 힘든 과정이에요!

그렇지만 그게 끝은 아니었어요. 더 나쁜 일이 벌어졌죠.

그날 비가 오는 바람에 골프를 치는 대신 체육관에서 수업했거든요. 옆에 있던 한 여학생이 휘두르는 곤봉에 팔꿈치를 맞고 말았어요. 기숙사로 돌아와보니, 봄에 입으려고 새로 산 파란색 드레스가 배달되어 있더군요. 그런데 치마가 꽉 끼는 바람에 입고 앉을 수가 없었어요. 금요일은 대청소날이죠. 기숙사 청소부가 제 책상 위에 있던 모든 종이들을 뒤섞어놓았답니다. 그리고 디저트로 최악의 음식이 나왔어요(바닐라향이 첨가된 젤라틴 우유). 심지어 오늘은 예배가 평소보다 20분이나 더 늦게 끝났고, 여성스러운 여성에 관한 설교를 들어야 했죠. 그러고 난 뒤 안도의 한숨을 내쉬며 『어떤 부인의 초상』을 읽으려고 앉았는데, 늘 얼굴이 창백한 애컬리라는 애가 찾아왔어요. 그 애 이름이 A로 시작하는 바람에(리펫 원장님이 제 이름을 Z로 시작하는 자브리스키로 지었어야 했는데) 라틴어 시간에 제 옆에 앉는데, 늘 멍청하죠. 글쎄, 월요일 수업이 69번째 단락부터인지 70번째 단락부터인지 물어보려고 와서는 한 시간이나 있다가 조금 전에야 돌아갔다니까요.

이렇게 하루 종일 맥 빠지는 일들이 연속적으로 벌어지는 걸 들어본 적 있으세요? 사실 이런 일들이 대단한 인격을 요구하는 큰 난관은 아니겠죠. 누구라도 위기에 대처하고 용기를 내서 참담한 비극에 맞설 수 있어요. 하지만 일상의 사소한 어려움들을 웃음으로 넘기려면 무엇보다 '정신'이 필요한 것 같아요.

저는 그런 인격을 키우려고 해요. 인생을 되도록 능수능란하고 정정당당하게 치러야 하는 게임처럼 여길 거예요. 제가 그 게임에서 진다면 어깨를 으쓱해 보인 다음 웃어버릴 거예요. 이겨도 똑같이 하고요.

어쨌든 저는 스포츠 정신을 키울 거예요. 이제 다시는 줄리아가 실크 스타킹을 신었다거나 지네가 벽에서 떨어졌다며 아저씨께 불평불만을 늘어놓지 않을게요.

답장 빨리 보내주세요.

주디 올림

☆☆☆

5월 27일

키다리 아저씨 전상서

친애하는 선생님. 리펫 원장님에게서 편지를 받았답니다. 원장님은 제가 학업은 물론 행실 면에서도 잘하고 있기를 바라세요. 제가 이번 여름에 갈 데가 없을 테니 고아원으로 와서 개학할 때까지 숙박비 대신 일하며 지내라고 하시네요.

저는 존 그리어 고아원이 싫어요.

거기로 돌아가느니 차라리 죽을래요.

너무나 솔직한

제루샤 애벗 올림

세르(친애하는) 키 장브(다리) 아저씨께

부 에트 윙(당신은) 든든한 친구입니다!

농장에 대해 들어서 쥬 쉬 트레 윌오(정말 행복해요). 당 마비(제 평생) 농장에서 지내 파스크 쥬 네 자메(본 적이 없기 때문입니다). 그리고 존 그리어 고아원으로 리투르너 세르(돌아가는 것), 에 투뜨 레테(그리고 여름 내내) 설거지하는 것도 싫거든요. 거기서는 퀠크 쇼제 아프뢰제(끔찍한) 사고를 칠 위험이 있어요. 제가 파스크 제 페르뒤 마 위밀리테 도트르 퐈(예전의 겸손함을 잃고) 제 퀠크 주르(그리고 어느 날) 그냥 도망가거나 당라 메종(고아원 안에 있는) 모든 컵과 접시를 깰까봐 제 푀(걱정이에요).

이렇게 편지를 파르동 브리에베떼(짧게 쓰는 것을 용서하세요). 에 파스큐 쥬 쉬 당(그리고 저는 지금) 불어 수업 중이기 때문에 데 메 누벨레(긴 편지를) 보내는 것을 쥬 느 뾔 파(할 수가 없네요).

제 푀 크 무씨유 르 프로페쐬(그리고 제가 두려워하는 것은 교수님이) 저를 뚜뜨 드 쉬뜨(바로 다음에) 호명하시면 어쩌나 하는 거예요.

이런, 정말 부르셨네요.

오 르봐르(또 봬요).
쥬 브 에미 보쿠(저는 아저씨를 많이 사랑합니다).
주디 올림

☆☆☆

5월 30일

키다리 아저씨께

아저씨, 우리 학교 캠퍼스 보신 적 있으세요? (그냥 형식적인 질문이니까 신경 쓰지 마세요.) 5월이 되면 이곳은 천국 같아요. 관목들이 활짝 피어나고 나무들은 너무나 사랑스럽고 싱그러운 푸른빛을 띠죠. 심지어 늙은 소나무까지 싱싱해 보인다니까요. 노란 민들레가 군데군데 피어 있는 잔디밭에는 파랑, 하양, 분홍 드레스를 입은 여학생들 수백 명이 앉아 있답니다. 모두들 근심 없이 마냥 즐거운 모습이죠. 여름방학이 다가오고 있으니까요. 방학을 기다리다보니 시험은 신경 쓰지 않는답니다.

그러니 정말 행복해 보이지 않나요? 아저씨! 그 누구보다 행복한 사람은 바로 저예요. 더 이상 고아원에 있지 않으니까요. 게다가 누군가의 보모도 타자수도 경리도 아니잖아요 (아저씨가 없었다면, 저는 그런 삶을 살아야 했겠죠).

이제 와서 예전에 무례하게 굴었던 것이 후회되네요.

리펫 원장님께 불손하게 굴었던 것도 후회하고요.

프레디 퍼킨스를 때린 것이 후회스러워요.

설탕 그릇에 소금을 채워 넣었던 것을 후회해요.

이사님들 등 뒤에서 인상을 찌푸렸던 것도 후회됩니다.

저는 앞으로 모든 사람들을 착하고 상냥하고 친절하게 대할 거예요. 저는 정말 행복하니까요. 그리고 올여름에는 글을 쓰고 또 쓰면서, 훌륭한 작가가 되기 위해 한 발 내딛어볼까 해요. 기특하지 않나요? 아, 제가 아름다운 성품을 기르고 있나봐요! 추위와 서리에 뒤덮여 조금 위축될 때도 있지만, 햇볕이 비추는 곳에서는 쑥쑥 성장한답니다.

모든 사람이 마찬가지예요. 저는 역경, 슬픔 그리고 낙담이 정신력을 키운다는 이론에 동의하지 않아요. 행복한 사람들이란 온화함이 넘치는 사람들이죠. 저는 염세주의를 믿지 않아요. (멋진 말이죠! 최근에 배웠어요.) 아저씨, 혹시 염세주의자는 아니시죠?

편지 첫머리에 캠퍼스에 대해 썼었죠. 아저씨도 잠깐 오셔서 제 안내를 받으며 함께 걸으면 얼마나 좋겠어요.

"저곳은 도서관이에요. 이곳은 보일러실이고요. 왼편에 보이는 고딕 양식 건물은 체육관이고 그 옆에 있는 투더 왕조 로마네스크 양식 건물은 새로 지은 병원이랍니다."

제가 안내에는 일가견이 있답니다. 고아원에서 늘 했던 일이거든요. 그리고 얼마 전 이곳에서도 해보았답니다. 정말이에요. 게다가 남자한테 말이죠!

정말 멋진 경험이었어요. 그 전까지 남자와 말을 나눠본 적이 없거든요(가끔 이사님들하고 말한 적은 있었지만 그건 빼고요). 죄송해요, 아저씨. 이사님들을 흉봐서 아저씨 기분을 나쁘게 할 작정은 아니에요. 아저씨가 정말 그 이사님들 가운데 하나라는 게 믿기지 않아요. 아저씨는 그냥 우연히 이사회에 들어오셨겠죠. 고아원 후원회 이사는 대개 뚱뚱하고 거만하고 자비심이 넘쳐요. 금시계 줄을 늘어뜨린 채 누군가의 머리를 토닥거리곤 하죠.

이건 꼭 왕풍뎅이 같네요. 원래는 이사님들을 그려볼 생각이었는데. 물론 아저씨는 빼고요.

어쨌거나, 각설하고.

저는 한 남자와 걷고 이야기 나누고 차를 마셨답니다. 정말 멋진 사람이었어요. 바로 줄리아네 집안의 저비스 펜들턴 씨예요. 간단히 말해서 그 아이의 삼촌이죠(좀 더 길게 말하자면, 아저씨만큼이나 키가 큰 사람이고요). 출장 온 김에 조카를 보려고 우리 학교에 들렀대요. 줄리아 아버지의 막냇동생이라는데, 줄리아는 삼촌에 대해 잘 모르더라고요. 아마도 삼촌이 줄리아가 아기였을 때 힐끗 보고는 마음에 들지 않아서 그때 이후로 신경 쓰지 않았던 모양이에요.

어쨌든 그분은 모자, 지팡이 그리고 장갑을 가지런히 옆에 놓고 응접실에 품위 있게 앉아 있었어요. 그런데 줄리아와 샐리는 7교시 수업이 있었고 빠질 수가 없었죠. 줄리아가 제 방으로 뛰어 들어와서 부탁하더군요. 삼촌과 함께 캠퍼스 구경을 하다가 7교시 끝나는 시간에 맞춰 자기한테 데려와달라고요. 저는 그러겠다고 했죠. 친절하지만 시큰둥하게요. 펜들턴 가문을 그다지 좋아하지 않으니까요.

하지만 펜들턴 씨는 알고 보니 상냥한 어린양 같은 사람이더라고요. 펜들턴 가문 사람 같지 않은, 정말 인간적인 사람이요. 우린 멋진 시간을 보냈어요. 저는 그 뒤로 삼촌이라는 존재를 꿈꾸고 있답니다. 아저씨가 제 삼촌인 척해주시면 안 될까요? 할머니보다 삼촌이 더 나을 것 같아요.

펜들턴 씨를 보면서 아저씨가 조금 떠올랐어요. 아저씨의 20년 전 모습일 듯해요. 우리가 만난 적은 없지만, 저는 아저씨를 잘 알고 있으니까요!

그분은 키가 크고 말랐어요. 그리고 거뭇한 얼굴에 주름이 가득하죠. 웃는 모습이 굉장히 독특해요. 얼핏 웃어서 잘 드러나지는 않지만 입꼬리가 올라가면서 주름이 진답니다. 그리고 오랫동안 알고 지냈던 것처럼 친숙하게 느끼게 하는 능력이 있더라고요. 정말 다정한 사람이에요.

우리는 안뜰부터 운동장까지 구석구석 돌아보았어요. 그분이 힘들다며 차를 마시고 싶다고 하더군요. 그러면서 '칼리지 인'으로 가자고 했어요. 솔밭 길을 따라 걷다보면 캠퍼스 바로 밖에 있죠. 저는 줄리아와 샐리를 만나러 가야 한다고 했지만, 그분은 조카들이 차를 너무 많이 마시지 말았으면 싶다고 하더군요. 차를 많이 마시면 신경질적이 된다면서요. 그래서 우리 둘만 빠져나와 차도 마시고 머핀과 마멀레이드 그리고 아이스크림에 케이크까지 먹었어요. 발코니에 있는 작고 근사한 야외 탁자에서 말이죠. 사람들이 별로 없어서 쾌적했답니다. 월말이라 학생들 주머니 사정이 좋지 않거든요.

정말 즐거운 시간이었어요! 그런데 기차 시간이 촉박해서, 돌아오자마자 간신히 줄리아 얼굴만 보고 뛰어가야 했죠. 줄리아는 삼촌을 빼돌렸다며 저한테 엄청 화를 냈어요. 어쨌든 그분은 굉장한 부자에다 꽤 멋진 삼촌인 것 같았어요. 부자라는 사실을 알고 나니 마음이 놓이더라고요. 차와 간식 값이 각 60센트 정도는 나왔거든요.

오늘 아침(그러니까 월요일 아침), 초콜릿 세 상자가 우편으로 배달되었어요. 줄리아와 샐리 그리고 저를 위한 거예요. 어떻게 생각하세요? 남자한테서 초콜릿을 받다니!

제 자신이 고아가 아닌 한 소녀로 느껴지기 시작했어요.

아저씨도 언제 오셔서 함께 차 마시면 좋겠어요. 제 마음에 드는 분인지도 한번 보고요. 마음에 들지 않는다면 끔찍한 일이겠죠? 그런데 저는 이미 알아요. 분명 맘에 들 거라는 걸.

비앵(좋아요)! 제가 아저씨께 기분 좋은 말 해드릴게요.

"자메 쥬 느 투브리에(죽을 때까지 당신을 잊지 않겠어요)."

주디 올림

추신: 오늘 거울을 봤더니 전에는 없던 보조개가 생겼더라고요. 정말 묘한 일이에요. 어디서 온 걸까요?

☆☆☆

6월 9일

키다리 아저씨께

오늘 정말 행복해요! 방금 마지막 시험을 쳤거든요. 생리학이었죠. 그리고 이제 농장으로 가서 석 달 동안 지내면 돼요!

농장에 대해서는 전혀 아는 게 없어요. 한 번도 못 가봤거든요. 심지어 본 적도 없어요(자동차 창문으로 내다본 것 빼고는요). 하지만 분명 제 마음에 쏙 들 거예요. 그리고 그곳에서 자유롭게 지내는 것도 기쁜 일일 것 같아요.

저는 존 그리어 고아원 밖에 있다는 것이 아직 익숙하지 않아요. 그 사실만 떠올리면 흥분에 찬 전율이 등줄기를 따라 오르락내리락한다니까요.

저는 점점 더 빠르게 달리면서 리펫 원장님이 뒤쫓아 오지 않는지, 팔을 뻗어 저를 잡아채지 않을지 어깨 너머로 확인해야 할 것 같은 기분이에요.

올여름에는 아무도 신경 쓸 필요가 없겠죠?

아저씨의 명목상 권위는 조금도 성가시지 않아요. 어떤 피해를 주기에는 너무 멀리 계시니까요. 리펫 원장님도 저에 대해서는 영원히 힘을 못 쓰시죠. 그리고 농장의 셈플 부부가 제 정신적 행복을 감시하지는 않겠죠? 분명히 그럴 거예요. 저는 이제 다 큰 성인이니까요. 야호!

이만 줄일게요. 짐 싸야 해요. 찻주전자와 접시, 소파 쿠션에 책까지 넣으니 세 상자나 되네요.

당신의 주디 올림

추신: 생리학 시험지 동봉합니다. 아저씨라면 통과할 수 있었을까요?

록 윌로우 농장, 토요일 밤

가장 친애하는 키다리 아저씨께

조금 전에 도착했어요. 아직 짐도 풀지 않았지만, 농장이 어찌나 마음에 쏙 드는지 말씀드리고 싶어서 입이 근질거렸거든요. 이곳은 정말 천국이나 다름없어요. 집은 이렇게 네모난 모양이에요.

그리고 오래됐죠. 백 년은 족히 됐어요. 집 옆으로는 베란다도 있는데 그림을 잘 못 그리겠어요. 앞쪽에는 근사한 현관이 있고요. 제 그림과 실제 모습이 너무 다르네요. 그림에서 먼지떨이처럼 보이는 것은 단풍나무예요. 그리고 길 옆에 서 있는 뾰족한 것들은 사각사각 소리를 내는 소나무들이랍니다. 농장이 언덕 위에 있어서 수 킬로미터 떨어진 푸

른 초원을 지나 산줄기들까지 다 내다보여요.

코네티컷 주의 지형이 그런가봐요. 산들이 물결처럼 연속적으로 이어지고, 그 넘실거리는 물결 꼭대기에 록 윌로우 농장이 터를 잡고 있답니다. 예전에는 길 건너편 헛간들이 경치를 가로막았는데, 어떻게 알았는지 하늘에서 번개를 내려 모두 태워버렸지 뭐예요.

농장에는 셈플 부부, 일하는 아가씨 하나, 그리고 남자 일꾼 두 명이 함께 살고 있어요. 일하는 사람들은 부엌에서, 셈플 부부와 주디는 식당에서 식사한답니다. 저녁 식사로 햄, 달걀, 비스킷, 꿀, 젤리 케이크, 파이, 절인 야채, 치즈, 차가 나왔어요.

많은 대화가 오고갔죠. 제 인생에 그렇게 재미있었던 적이 있었나 싶어요. 제가 하는 말들은 모두 웃기는 이야기가 되고 말았어요. 시골 생활이 처음이라 그런 것 같아요. 제가 던지는 질문마다 무식한 티가 팍팍 난다니까요.

그림에서 ×로 표시된 방은 살인 현장이 아니라 제가 찜한 방이에요. 꽤 널찍하고 네모난 방인데 아무도 안 쓰고 있었죠. 멋스럽고 고풍스러운 가구로 꾸며져 있고, 막대기들로

지지해 열어야 하는 창문이 있어요. 건드리면 쏟아질 것 같은 금색 테두리의 초록색 커튼이 달려 있고요. 네모나고 큼직한 마호가니 책상도 있어서 여름 내내 거기 엎드려 소설을 쓸 작정이랍니다.

아저씨, 저 정말 신나요!

농장을 돌아다니며 여기저기 살펴보고 싶어서 날이 밝을 때까지 못 참겠다니까요. 지금은 저녁 여덟 시 삼십 분이에요. 이제 촛불을 끄고 잠을 청해보려고 해요. 다섯 시에 일어날 거예요.

아저씨도 이런 기쁨을 아시나요? 꿈인지 생시인지 믿기지가 않네요. 아저씨와 선하신 하느님께서 과분하게 베풀어주신 거예요. 여기에 보답하려면 정말, 정말, 정말 좋은 사람이 되어야겠어요. 그렇게 될 거예요. 두고 보세요.

안녕히 주무세요.

주디 올림

추신: 아저씨! 아저씨도 개구리가 노래하고 어린 돼지들이 꽥꽥거리는 소리를 들어보시면 좋을 텐데요. 은은하게 빛나는 초승달도 보셔야 하고요! 지금 제 오른쪽 어깨 위쪽에 떠 있답니다.

☆☆☆

록 윌로우 농장, 7월 12일

키다리 아저씨께

아저씨 비서분이 이 농장을 어떻게 아시는 걸까요? (그냥 하는 질문이 아니에요. 정말 궁금해 미치겠어요.) 왜 이런 의문이 생겼는지 잘 들어보세요. 저비스 펜들턴 씨가 원래 이 농장을 소유했었어요. 그러다 자기 보모였던 셈플 부인에게 넘겨주었죠. 이렇게 재미난 우연을 보신 적 있으세요? 부인은 여전히 그분을 '저비 도련님'이라 부른답니다. 그리고 그분의 사랑스러운 유년 시절 이야기도 들려주시죠. 부인은 그분이 아기였을 때 자른 곱슬머리를 아직도 상자에 보관하고 계세요. 빨간, 아니면 적어도 불그스름한 머리칼이죠.

셈플 부인은 제가 그분을 안다는 사실을 알고 나서 저한테 더 잘해주세요. 펜들턴 가문 사람과의 친분이 록 윌로우 농장에서 통하는 최고의 소개장인 셈이죠. 그리고 그 가문 전체에서 가장 훌륭한 인물은 다름 아닌 '저비 도련님'이에요. 줄리아가 조금 뒤떨어지는 축이라고 할 수 있어서 통쾌해요.

농장이 점점 더 흥미로워지고 있어요. 어제는 건초 나르는 마차를 탔거든요. 농장에는 어른 돼지 세 마리와 새끼 돼지 아홉 마리가 있어요. 그 애들이 얼마나 잘 먹는지 직접 보셔야 하는데. 정말 돼지처럼 먹더라고요! 그리고 병아리, 오리, 칠면조, 뿔닭도 아주 많아요. 농장에서 지낼 수 있는데도 도시에서 지내는 사람이 있다면 분명 정신이 나간 사람일 거예요.

달걀 찾기는 제가 매일 해야 하는 일이에요. 어제는 검은 암탉이 있는 둥지로 기어오르려다가 헛간에 있는 기둥 위에서 떨어졌어요. 무릎이 까진 채 집으로 돌아왔더니, 셈플 부인이 약을 바르고 붕대를 감아주셨죠. 그러는 내내 "세상에! 세상에! 저비 도련님이 똑같은 기둥에서 떨어져서 똑같은 데 상처 났던 게 엊그제 같은데" 하고 중얼거렸답니다.

농장 주변 풍경은 그야말로 압권이에요. 계곡과 강이 있고 숲이 울창한 산들도 많아요. 저 멀리에는 입에서 녹아버릴 것 같은 높고 파란 산도 있어요.

농장에서는 일주일에 두 번씩 버터를 만들려고 우유를 휘저어요. 그리고 시내 상류 근처에 돌로 지은 육류 저장소에다 크림을 보관하죠. 주변 지역 농부들 몇몇은 크림 분류기를 갖고 있어요. 그렇지만 우리 농장에서는 이 새로운 방식들을 신경 쓰지 않아요. 냄비에서 크림을 일일이 걷어내는 것이 더 어렵기는 해도 그럴 만한 가치가 있죠. 농장에서 키우는 송아지는 모두 여섯 마리예요. 제가 이름을 지어봤어요.

1. 실비아. 숲속에서 태어났거든요.

2. 레즈비아. 카툴루스의 시에 등장하는 레즈비아.

3. 샐리.

4. 줄리아. 별 특징 없는 얼룩무늬 소.

5. 주디. 제 이름을 땄어요.

6. 키다리 아저씨. 기분 나쁘신 건 아니죠? 순종 저지종으로 아주 성질이 좋은 송아지예요. 아래 그림처럼 생겼어요. 제가 지은 이름하고 잘 어울리지 않아요?

아직 제 불후의 명작을 쓸 겨를이 없네요. 농장일이 바쁘거든요.

언제나 당신의 주디 올림

추신1: 도넛 만드는 법을 배웠어요.

추신2: 닭을 기르실 생각이 있다면 버프오핑턴종을 추천합니다.

추신3: 어제 만든 고품질의 신선한 버터를 아저씨께 보낼 수 있다면 얼마나 좋을까요.

추신4: 미래의 대문호 제루샤 애벗이 젖소를 몰고 집으로 가는 그림입니다.

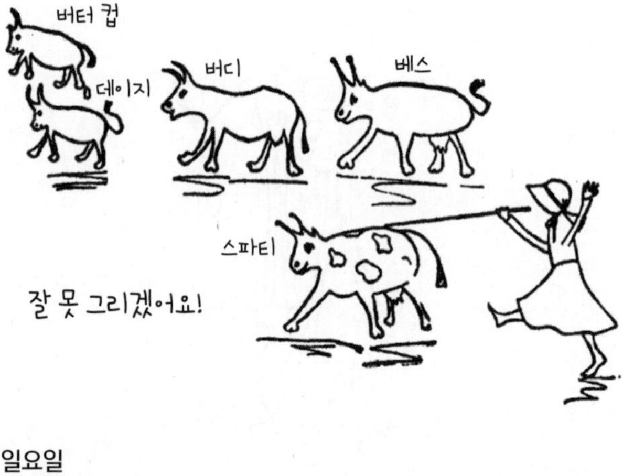

일요일

키다리 아저씨께

웃기는 일이 있었어요. 어제 오후에 이 편지를 쓰기 시작했죠. 그런데 '키다리 아저씨께'라고 쓰는 순간, 저녁 때 먹을 블랙베리를 따러 가기로 약속한 게 떠오르지 뭐예요. 그

래서 편지지를 책상 위에 올려놓고 곧장 달려 나갔죠. 오늘 다시 편지를 쓰려고 앉았는데 편지지 한가운데 뭐가 앉아 있었는지 아세요? 장다리거미, 그러니까 진짜 '키다리 아저씨'요!

저는 거미 다리 하나를 조심스레 잡고 창밖으로 떨어뜨렸답니다. 거미를 조금도 다치게 하고 싶지 않았거든요. 그 거미를 보면 늘 아저씨 생각이 나니까요.

오늘 아침에는 사륜마차를 타고 시내에 있는 교회로 갔어요. 첨탑이 있고, 전면에 도리아식 기둥(이오니아식인가? 늘 헷갈려요) 세 개가 서 있는 작고 멋진 흰색 건물이었어요.

모두들 나른한 설교를 들으며 졸린 듯 종려나무 잎 부채를 살살 흔들고 있었어요. 목사님 목소리를 빼면, 교회 바깥에서 메뚜기가 나무에 매달려 윙윙거리는 소리만 들릴 뿐이었답니다. 저는 찬송가를 부르려고 일어날 때에야 비로소 잠에서 깼어요. 설교를 제대로 듣지 않았던 게 얼마나 후회되었는지 몰라요. 그런 찬송가를 고른 사람의 심리 상태가 궁금하거든요. 가사가 이랬어요.

세속적인 네 재미와 즐거움을 놓고 오라
나와 함께 하늘의 즐거움을 누리라
아니하면, 긴 작별을 하리라
내가 지옥으로 가는 너를 그냥 둘 것이니라

셈플 부부와 종교에 대해 토론하는 것은 위험천만한 일이에요. 그분들이 섬기는 하느님(오래전 청교도 조상들에게서 그대로 물려받은 신)은 편협하고, 비합리적이고, 부당하고, 인색하고, 복수심 많고, 고집불통이거든요.

감사하게도 저는 그 누구에게서도 신을 물려받지 않아 정말 다행이네요! 저는 자유롭게 제가 원하는 신을 만들어낼 수 있으니까요. 제 신은 친절하고 동정심과 상상력이 풍부하고 너그러운 데다가 이해심이 많죠. 게다가 유머 감각까지 갖추고 있고요.

저는 셈플 부부를 엄청 좋아해요. 종교적 이론에만 머물지 않고 실생활에서도 잘 실천하고 계시거든요. 그분들이 믿는 신보다 더 낫죠. 그렇게 말해주었더니 저를 몹시 걱정하시더라고요. 그분들은 제가 신성모독을 저질렀다고 생각하지만, 저는 오히려 그분들이 그랬다고 생각해요. 신을 그 정도로밖에 생각하지 않다니 말이에요. 어쨌든 대화할 때 종교에 관해서는 입도 뻥긋하지 않고 있어요.

지금은 일요일 오후예요.

아마사이(남자 일꾼)가 보라색 넥타이를 매고 연노란색 사슴가죽 장갑을 끼고 발그레하게 면도까지 마친 상태로, 마차에 캐리(여자 일꾼)를 태우고 방금 전에 나갔어요. 그 아가씨는 빨간 장미가 장식된 커다란 모자를 쓰고 푸른색 모슬린 드레스를 한껏 차려입고 머리를 최대한 곱슬곱슬 말았고요. 아마사이는 오전 내내 사륜마차를 닦았고, 캐리는 저녁 준비를 한다며 교회에 가지 않고 집에 있었지만 사실은 모슬린 드레스를 다리고 있었죠.

편지를 다 쓰고 이 분 정도 후에, 다락에서 찾은 책을 읽으려고 해요. 『이 길에서』라는 책인데, 표제지에 어린 소년의 우스운 필체로 이렇게 써 있더라고요.

> 저비스 펜들턴
> 이 책이 막 돌아다닌다면
> 따귀를 때려서 집으로 보내주세요.

저비스 씨는 열한 살 정도에 병을 앓고 난 뒤 이곳에서 여름을 보냈대요. 그때 이 책을 놓고 간 거죠. 작고 때묻은 손자국이 여기저기 남아 있는 걸 보니 다 읽었나봐요!

다락 구석에는 물레방아와 풍차, 활과 화살도 있어요. 셈플 부인이 어찌나 도련님에 대해 이야기를 많이 하는지, 실제로 옆에 있다는 착각까지 하게 된다니까요.

실크 모자를 쓰고 지팡이를 들고 있는 어른이 아니라, 머리칼이 잔뜩 헝클어진 귀엽고 지저분한 소년 말이에요. 시끄러운 소리를 내며 계단을 오르락내리락하고, 방충망을 열어놓고 다니고, 늘 과자를 달라고 조르는 저비 도련님이 그려져요. (그리고 셈플 부인을 아니까 하는 말인데, 분명히 그 꼬마는 과자를 얻어먹었을 거예요!)

그분은 모험심이 무척 많은 아이였던 것 같아요. 게다가 용감하고 정직하고요. 그래서 펜들턴 집안 사람이라는 게 안타까워요. 더 나은 가문에서 태어났어야 할 사람인 것 같은데 말이에요.

내일은 귀리 타작을 시작해요. 증기탈곡기와 일꾼 세 명이 더 동원될 거예요.

버터 컵(레즈비아의 어미인데, 뿔 하나 달린 얼룩소예요)이 저지른 말썽을 전하게 돼서 안타깝네요. 그 소가 금요일 저녁 과수원에 들어가서 나무 밑에 떨어진 사과들을 먹어댔어요. 먹고 또 먹어서 취해버렸죠. 이틀 동안 완전히 곤드레만드레였다니까요! 사실이에요. 이런 골치 아픈 이야기 들어보신 적 있나요?

아저씨, 그럼 이만 줄입니다.

당신의 다정한 고아

주디 애벗 올림

추신: 그 책 첫 장에는 인디언들이 나오고 두 번째 장에는 노상강도가 나와요. 숨죽여 기대하고 있답니다. 세 번째 장에는 뭐가 나올까요? 첫머리 삽화에 "붉은 매가 공중으로 6미터나 날아올랐다가 헛수고만 하고 말았다"라는 글이 적혀 있어요. 주디와 저비가 재미있게 읽을 것 같지 않나요?

☆☆☆

9월 15일

아저씨께

어제 코너스에 있는 잡화점에 가서 밀가루 저울로 몸무게를 재봤어요. 살이 4킬로그램이나 늘었어요! 록 윌로우 농장을 건강회복센터로 추천하는 바입니다.

당신의 주디

9월 25일

키다리 아저씨께

짜잔! 드디어 2학년이 되었어요. 금요일에 학교로 돌아왔답니다. 록 윌로우를 떠나는 게 너무 아쉬웠지만 캠퍼스를 다시 보니 좋네요. 친숙한 곳으로 돌아오는 건 즐거운 일이죠. 대학교가 집처럼 느껴지기 시작했어요. 상황을 제 마음대로 통제할 수 있는 것 같기도 하고요. 실은 이 세상이 집처럼 편안하게 느껴지기 시작했답니다. 간신히 세상으로 기어나와 있는 것이 아니라 정말 세상에 속한 것처럼 말이죠.

아저씨는 제가 뭘 말하려고 하는지 조금도 이해하지 못하실 거예요. 후원회 이사가 될 만큼 중요한 사람은 고아가 될 만큼 중요하지 않은 사람의 감정을 알 수 없을 테니까요.

그리고 아저씨, 들어보세요. 누가 제 룸메이트가 되었는지 아세요? 바로 샐리 맥브라이드와 줄리아 러틀리지 펜들턴이에요. 우리 방에는 공부방이 따로 있고 작은 침실이 세 개 있답니다.

자, 보세요.

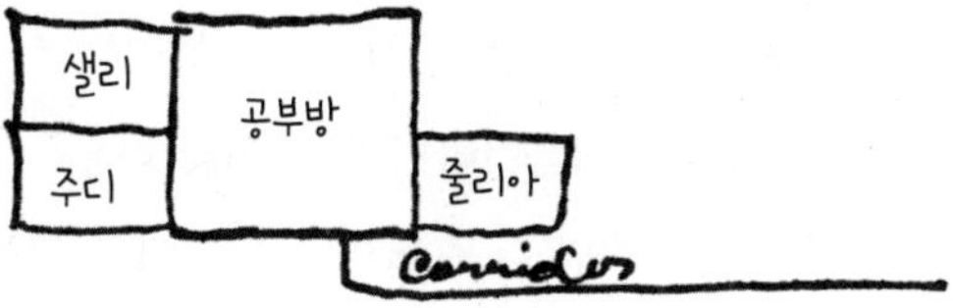

샐리하고는 지난봄부터 같은 방을 쓰자고 입을 맞춰놨죠. 그리고 줄리아는 샐리와 같이 쓰려고 마음먹고 있었더라고요. 왜 그런지 모르겠어요. 두 사람은 눈을 씻고 봐도 비슷한 구석이 없거든요. 하지만 펜들턴 가문 사람들은 천성적으로 변화에 대해 보수적이고 적대적(좋은 표현!)이니까요.

어쨌든 이렇게 우리 셋이 같이 쓰게 되었습니다. 최근까지 존 그리어 고아원에 살던 제루샤 애벗이 펜들턴 가문 사람과 같은 공간을 쓴다고 생각해보세요. 민주주의 국가니까 가능한 거죠.

샐리가 학년 대표 선거에 출마했어요. 일이 잘못되지 않는다면 샐리가 당선될 거예요. 정말 흥미진진해요. 아저씨도 저희가 얼마나 뛰어난 정치가들인지 보셔야 하는 건데! 참, 아저씨, 말씀드릴 게 있어요. 우리 여성들이 투표권을 가지게 되면, 아저씨 같은 남자들은 자기 권리를 지켜내기 위해 정신 똑바로 차려야 할 거예요. 다음 주 토요일이 선거일이에요. 누가 이기든지 밤에 횃불을 들고 행진하기로 했답니다.

이제 화학을 배우기 시작했어요. 가장 특이한 학문이에요. 이런 건 정말이지 처음이라니까요. 지금 다루는 물질은 분자와 원자예요. 하지만 다음 달이나 되어야 그것들에 대해 조금 더 명확히 이야기할 수 있을 것 같아요.

그리고 논증법과 논리학 수업도 듣고 있어요.

세계사도 배우고 있고요.

윌리엄 셰익스피어의 희곡과 불어 수업도 듣고 있어요.

이런 식으로 오랫동안 계속 공부한다면, 저는 정말 똑똑해지겠죠.

저는 불어보다는 경제학을 선택했어야 해요. 하지만 그럴 수 없었어요. 불어를 재수강하지 않으면 교수님이 낙제시킬 것 같아 두려웠거든요. 사실 6월 시험도 턱걸이로 통과했죠. 고등학교에서 기본을 제대로 배우지 못한 탓에 어쩔 수 없었지만요.

같이 수업을 듣는 한 친구는 불어를 영어처럼 유창하게 말해요. 어렸을 때 부모님과 외국에 나가 살면서 3년 동안 수녀원 학교를 다녔대요. 다른 학생들에 비해 그 아이가 얼마나 똑똑할지 상상하실 수 있으세요? 그 애한테 불규칙 동사는 완전 식은 죽 먹기나 다름없죠. 제 부모님도 저를 고아원 대신 프랑스 수녀원 학교에 보내셨으면 얼마나 좋았겠어요. 아, 아니, 안 돼요! 그랬다면 제가 아저씨를 모른 채 살아야 했을 테니까요. 불어보다는 아저씨를 아는 편을 택하겠어요.

아저씨, 그럼 안녕히 계세요. 이제 해리엇 마틴한테 가봐야 해요. 화학에 대한 이야기는 벌써 했으니까, 차기 학년 대표에 대한 생각을 가볍게 나눠봐야겠어요.

정계에 종사하는

J. 애벗 올림

☆☆☆

10월 17일

키다리 아저씨께

체육관 수영장이 레몬젤리로 가득 차 있다면 사람이 떠 있을 수 있을까요? 아니면 가라앉을까요? 디저트로 나온 레몬젤리를 보고 그런 의문이 떠올랐죠. 저희는 삼십 분가량 격

론을 벌였지만 결론을 내지 못했어요. 샐리는 그 안에서 헤엄칠 수 있다고 생각하더라고요. 하지만 저는 세계 최고 수영 선수라고 해도 가라앉을 거라 확신해요. 레몬젤리에 익사한다면 정말 우스울 것 같지 않나요?

이것 말고도 우리 관심을 끌었던 문제가 두 가지 더 있어요.

첫 번째. 팔각형 모양의 집에 있는 방들은 어떤 모양일까? 몇몇 아이들은 사각형이라고 주장했지만 저는 파이 모양이라고 생각해요. 아저씨도 그렇게 생각하지 않으세요?

두 번째. 속이 다 보이는 커다랗고 텅 빈 유리 공간 안에 앉아 있다고 가정해보세요. 얼굴을 비추는 것이 멈추고 등을 비추기 시작하는 지점은 어디일까요? 이 문제는 생각하면 할수록 점점 더 헷갈려요. 저희가 얼마나 철학적인 사고를 하며 시간을 보내는지 아시겠죠?

참, 학년 대표 선거에 대해서 말씀 안 드렸죠? 3주 전에 투표했어요. 그런데 우리가 너무 빨리 살고 있는지, 벌써 까마득한 옛날 일 같다니까요.

샐리가 당선돼서 우리는 "맥브라이드여, 영원하라!"라는 구호가 적힌 현수막을 들고 횃불 퍼레이드를 했답니다. 거기에 열네 명으로 구성된 밴드(세 명은 하모니카를 들고 열한 명은 빗을 들고 말이죠)도 함께했죠.

기숙사 258호에 사는 우리는 아주 중요한 사람들이에요. 줄리아와 제가 엄청난 후광 효과를 누리고 있죠. 학년 대표와 같은 곳에서 살다보면 정말 대단한 사회적 긴장감이 느껴진답니다. 본 뉘(안녕히 주무세요), 세르(친애하는) 아저씨.

악세프티즈 메 콩프리망스(부디 제 인사를 받아주시길)

트레 레스펙튀외(경의를 표하며)

보트르(당신의) 주디 올림

☆☆☆

11월 12일

키다리 아저씨께

어제 농구 경기에서 저희 학년이 신입생을 이겼어요. 물론 너무 기뻤죠. 하지만 3학년을 이길 수 있다면 얼마나 좋을까요? 온몸에 거무튀튀하고 푸르스름한 멍이 들었어요. 약을 바르고 일주일 동안 침대에 누워 지낸다고 해도 이길 수만 있다면 좋겠어요.

샐리가 크리스마스 휴가를 함께 보내자고 저를 초대해주었어요. 샐리는 매사추세츠 주 우스터에 살아요. 정말 착한 아이죠? 너무 가고 싶어요. 저는 한 번도 일반 가정집에 가본 적이 없어요. 물론 록 윌로우 농장은 빼고요. 하지만 셈플 부부는 연세가 꽤 많으신 분들이니까 좀 다르죠. 맥브라이드 집안은 아이들에다(어쨌든 두셋 정도는 되겠죠) 아빠, 엄마, 할머니 그리고 앙고라 고양이까지, 그야말로 온전한 가족이죠! 모두 떠나보내고 홀로 남는 것보다야 짐을 싸서 떠나는 쪽이 훨씬 더 재미있어요. 저는 기대감으로 완전 흥분에 차 있답니다.

7교시예요. 리허설하러 가야 해요. 추수감사절 연극에 참여하거든요. 벨벳 튜닉을 걸치고 노란 곱슬머리를 한, 탑 속의 왕자 역할이죠. 멋지지 않나요?

당신의 J. A. 올림

토요일

제가 어떻게 생겼는지 궁금하지 않으세요? 우리 세 명이 찍은 사진을 보냅니다. 레오노라 펜턴이 찍어준 거죠.

활짝 웃고 있는 밝은 아이가 샐리이고, 코를 치켜세우고 있는 키 큰 아이가 줄리아예요. 그리고 바람에 머리칼이 얼굴로 나부끼는 작은 애가 바로 주디입니다. 햇빛 때문에 눈이 부셔서 그렇지, 사실 실물이 더 나아요.

☆☆☆

매사추세츠 주 우스터 스톤 게이트, 12월 31일

키다리 아저씨께

진작부터 크리스마스 용돈에 대해 감사 편지를 드리려고 했어요. 그런데 맥브라이드 집안 생활에 너무 빠져 있다보니 책상에 이 분 이상 앉아 있기도 어려웠네요.

새 드레스를 한 벌 장만했답니다. 꼭 필요한 것은 아니었지만 너무 사고 싶었어요. 올해는 키다리 아저씨만 제게 크리스마스 선물을 보내셨고, 다른 가족들은 사랑만 보내주었답니다.

저는 샐리네 집에서 최고의 휴가를 보내고 있어요. 벽돌로 짓고 하얀 테두리로 마감한 고풍스러운 대저택인데, 길에서 조금 떨어진 안쪽에 자리 잡고 있죠. 제가 존 그리어 고아원에서 지낼 때, 호기심에 가득 차서 쳐다보고 집 안 모습을 궁금해했던 딱 그런 집이에요. 제 눈으로 확인하게 될 줄은 몰랐어요. 그런데 지금 이곳에 있네요! 모든 것이 너무나 편안하고 안락하고 제 집 같아요. 그래서 이 방 저 방 오가며 넋을 잃고 가구들을 구경하고 있답니다.

아이들을 키우기에 딱 안성맞춤인 집이에요. 숨바꼭질하기에 제격인 어둑한 구석들과 팝콘을 만들 수 있는 개방형 벽난로가 있고, 햇살이 쏟아져 들어오는 널찍한 부엌도 있어요. 게다가 밝고 사람 좋은 뚱보 요리사도 있답니다. 그분은 이 집에서 13년간 일해왔는데, 언제라도 아이들에게 빵을 구워줄 수 있도록 반죽을 따로 떼어놓는답니다. 이런 집을 보고 있는 것만으로도 어린 시절로 돌아가고 싶어질걸요.

그리고 다른 가족들도 정말 좋아요! 가족이 그렇게 좋을 수 있는지 꿈에도 몰랐어요. 샐리한테는 아버지, 어머니, 할머니, 너무 귀여운 고수머리의 세 살배기 여동생, 늘 발 닦는 것을 깜빡하는 보통 체격의 남동생이 있죠. 덩치 큰 멋진 오빠 지미도 있고요. 지미는 프린스턴 3학년에 재학 중이에요.

식사 시간이 정말로 즐거워요. 다 같이 웃고 떠들고 대화하죠. 식전 기도는 안 해도 된답니다. 입에 음식을 넣을 때마다 누군가에게 감사해하지 않아도 되니까 마음이 편해요. (불경스러운 얘기긴 하지만, 내가 가진 모든 것에 대해서 의무적으로 감사해야 한다면 아저씨도 그러셨을 거예요.)

이곳에서 정말 다양한 일을 했어요. 뭐부터 말씀드려야

할지 모르겠네요. 맥브라이드 씨는 공장을 운영하세요. 그래서 크리스마스이브에 공장 직원 자녀들을 위해 트리를 준비해주었죠. 물건을 포장하는 방에 상록수와 호랑가시나무를 장식한 트리를 놓아뒀어요. 지미가 산타 할아버지 복장을 하고 선물을 나눠 주고, 샐리와 제가 거들었죠.

세상에나, 아저씨! 얼마나 재미있었는지 몰라요! 저는 존 그리어 고아원의 이사가 된 것처럼 자애로워졌어요. 저한테 달라붙는 귀여운 남자아이한테 뽀뽀를 해주었죠. 그렇지만 아이들 머리를 쓰다듬지는 않았던 것 같아요.

크리스마스 이틀 뒤, 가족들이 저를 위해 집에서 댄스파티를 열어주었어요. 처음으로 가보는 진짜 무도회였죠. 대학에서는 여자아이들과 춤을 추니 무도회라 할 수 없잖아요. 저는 새로 산 흰색 이브닝드레스를 입었답니다(아저씨가 주신 크리스마스 선물이죠. 감사드려요!). 그리고 흰색의 긴 장갑을 끼고 흰색 새틴 구두를 신었죠. 이처럼 완벽하고 온전하고 절대적인 행복 속에서 굳이 아쉬운 점을 하나 꼽자면, 제가 지미를 리드하며 춤추는 모습을 리펫 원장님께 보여드릴 수 없다는 것이죠. 존 그리어 고아원에 방문하실 때 그분께 꼭 전해주시길 부탁드려요.

당신의 주디 애벗 올림

추신: 제가 결국 훌륭한 작가가 되지 못할, 그냥 평범한 여자아이에 불과하다면 화내실 건가요?

토요일 6시 30분

아저씨께

오늘 시내로 걸어갈 때 비가 얼마나 쏟아졌는지 몰라요. 비 대신 눈이 내려야 겨울 같고 좋은데 말이죠.

줄리아네 멋진 삼촌이 오늘 오후에 또 오셨어요. 5파운드나 되는 초콜릿 상자를 가져오셨답니다. 줄리아와 함께 방을 쓰면 여러 가지 좋은 점들이 있다니까요.

그분은 우리들의 천진한 수다를 듣는 게 즐거우셨나봐요. 서재에서 차를 마시려고 기차를 기다렸다 타셨답니다. 기숙사 사감에게 허락받으려고 얼마나 애썼는지 몰라요. 아버지와 할아버지를 기숙사 안으로 모시는 것도 어려운데 삼촌은 오죽하겠어요. 그리고 형제와 사촌 형제들은 거의 불가능하다고 봐야 해요.

줄리아는 공증인 앞에서 그분이 자기 삼촌임을 선서하고 카운티 서기의 증명서를 첨부해야 했죠. (법을 좀 아는 것 같죠?) 학장님이 저비 씨가 꽤나 젊고 멋진 분이라는 것을 알았더라도 차를 마시도록 허락했을지 미지수네요.

어쨌든 그분과 함께 차를 마셨답니다. 갈색 빵에 스위스

치즈를 넣어 만든 샌드위치도 먹었고요. 그분은 샌드위치 만드는 것을 거들고 네 조각이나 먹더라고요. 저는 그분에게 록 윌로우 농장에서 여름휴가를 보냈다고 말했어요. 셈플 가족, 말, 젖소, 닭들에 대해 정말 재미있게 이야기 나눴죠. 저비 씨가 알고 있던 말들은 모두 죽었고 이제는 그로브만 남았어요. 그분이 마지막으로 농장에 들렀을 때 그로브는 새끼였는데, 불쌍하게도 지금은 너무 늙어서 방목장에서 다리를 절며 돌아다니고 있답니다.

저비 씨는 또 셈플 부부가 아직도 노란 항아리 속에 도넛을 넣어 파란 접시로 덮은 뒤 식품저장고 맨 아래 선반에 보관하느냐고 물었죠. 여전히 그렇게 한답니다!

또 저비 씨는 약간 방목장 바위 더미 아래에 아직도 마멋 구멍이 있는지도 궁금해하더군요. 아직도 있답니다! 아마사이가 올여름 거기서 크고 통통한 회색 마멋을 잡았거든요. 아마도 저비 도련님이 어렸을 때 잡은 마멋의 25대손 정도 되지 싫어요.

저는 그분을 '저비 도련님'이라고 불렀어요. 그렇게 기분 나빠 하는 것 같지는 않았어요. 줄리아 말로는 그렇게 다정다감한 삼촌의 모습은 처음이래요. 늘 다가가기 어려운 사람이었다나요. 하지만 줄리아는 요령이 없었던 것 같아요. 제 생각에 남자들을 대할 땐 그게 꼭 필요한데 말이죠. 남자들은 쓰다듬어주면 가르랑거리며 좋아하고, 그래주지 않으면 침을 뱉죠. (썩 우아한 비유는 아니지만, 비유적으로 표현하고 싶었어요.)

우리는 요즘 마리 바슈키르체프의 일기를 읽고 있어요. 정말 대단하지 않나요? 들어보세요.

"지난밤 나는 절망감에 사로잡혔다. 그것은 신음소리로 나타났다가 결국 부엌에 걸려 있던 시계를 바다로 던져버리게 만들었다."

이 글을 보니 제 자신이 천재가 아니었으면 싶더라고요. 그런 부류는 함께하기 정말 피곤한 사람들이니까요. 심지어 가구까지 망가뜨리고 말이죠.

세상에! 비가 계속 퍼붓고 있어요. 오늘은 예배당까지 헤엄쳐서 가야 할 것 같아요.

당신의 주디 올림

☆☆☆

1월 20일

키다리 아저씨께

아저씨, 혹시 요람에 눕혀두었던 정말 귀여운 딸아이를 도둑맞지 않았나요?

어쩌면 그 아이가 저일지도 모르겠네요! 우리가 소설 속 주인공이라면 그게 대단원이겠죠? 자기가 누구인지 모른다는 것은 진짜 이상한 일이죠. 흥분되고 낭만적이기도 하고요. 여러 가지 가능성이 있으니까요. 제가 미국인이 아닐 수도 있어요. 실제로 많은 사람들이 그런 것처럼요. 어쩌면 고대 로마의 후손이거나 바이킹의 딸일지도 몰라요. 아니면 러시아 망명자의 딸이라 원래는 시베리아 감옥에 있어야 하는 몸일 수도 있죠. 그것도 아니면 혹시 집시? 아무래도 집시인 것 같아요. 제가 방랑벽이 조금 있거든요. 아직 그 기질을 키울 기회가 많진 않았지만요.

혹시 제 인생의 오점에 대해 알고 계신가요? 쿠키를 훔쳐 먹고 벌을 받다가 고아원에서 도망쳤던 일이 있었죠. 고아원 이사라면 누구나 자유롭게 읽을 수 있는 생활기록부에 적혀 있어요. 하지만 아저씨, 당연한 결과 아니겠어요? 칼을 닦으라며 굶주린 아홉 살 소녀를 식품 저장소에 혼자 남겨두었는데, 마침 그 옆에 쿠키 항아리가 있어요. 갑자기 누군

가 들어와서 보면, 그 아이 입에 과자 부스러기가 묻어 있을 법하지 않나요? 그런데 그 아이 팔을 잡아채 따귀를 때리고, 식사 시간에 나온 푸딩도 못 먹게 하고, 다른 아이들에게 이 아이가 도둑질을 해서 벌을 받는 거라고 말하는 거예요. 그러면 당연히 아이가 도망치고 싶지 않겠어요?

6킬로미터 조금 넘게 도망갔다가 잡혀서 다시 고아원으로 끌려왔고, 꼬박 일주일을 묶여 지냈어요. 다른 아이들이 쉬는 시간에 밖에 나왔을 때, 저는 말 안 듣는 못된 강아지처럼 뒤뜰 말뚝에 묶여 있었죠. 이런! 예배 시간 종이 울렸어요. 예배가 끝나면 위원회 모임이 있어요. 이번에는 재미난 편지를 쓸 생각이었는데 정말 죄송해요.

아우프 비더젠(안녕히 계세요).

세르(친애하는) 아저씨

팍스 티비(당신에게 평화를)!

주디 올림

추신: 한 가지는 확실해요. 저는 분명히 중국인은 아니에요.

☆☆☆

2월 4일

키다리 아저씨께

지미 맥브라이드가 제게 프린스턴 깃발을 보내주었어요. 제 방만큼이나 길어요. 저를 기억해주다니 너무 고마운 거 있죠. 그런데 그걸 도대체 어떻게 해야 할지 모르겠어요. 벽에 건다고 하면 샐리와 줄리아가 분명 반대할 거예요. 올해 우리 방은 빨간색으로 꾸몄는데, 제가 거기 오렌지색과 검은색을 더해버리면 어떻겠어요. 하지만 두툼한 펠트 천에 느낌이 좋고 따뜻해서 버리기는 아까워요. 깃발을 목욕가운으로 만들면 이상할까요? 마침 제 가운이 쪼그라들었거든요.

제가 요즘 뭘 배우는지 말씀드리지 않았네요. 제 편지만 읽어서는 상상이 안 되시겠지만, 대부분의 시간을 공부하는 데 쓰고 있답니다. 한꺼번에 다섯 가지 분야를 배우자니 당황스럽기 짝이 없어요.

화학 교수님이 말씀하셨죠.

"진정한 학자라면 세세하게 파고드는 열정이 있어야 합니다."

역사 교수님은 말씀하셨어요.

"세부 사항에 너무 집착하지 않도록 주의하세요. 전체적인 것을 볼 수 있도록 충분한 거리를 둬야 합니다."

화학과 역사학의 접근 방식 사이에서 어떻게 갈피를 잡아야 할까요? 저는 역사 교수님의 방법이 마음에 들어요. 정복자 윌리엄이 1492년에 왔고, 콜럼버스가 아메리카 대륙을 1100년이나 1066년에 발견했다고 말해도, 교수님은 그 세부 사항들을 그냥 넘기실 테니까요. 역사 시간에는 안전하고 편안한 기분이 들지만, 화학 시간에는 그렇지 못하죠.

6교시 종이 울렸어요. 이제 실험실로 가서 산, 소금, 알칼리 등 세세한 것을 조사해야 해요. 염산에 화학 실험용 앞치마를 태워먹는 바람에, 앞부분에 접시만큼 큰 구멍이 나고 말았답니다. 이론대로라면 강력한 암모니아로 구멍을 중화할 수 있어야 하는 것 아닌가요?

다음 주에 시험이 있어요. 그렇지만 누가 걱정하겠어요?

당신의 주디 올림

☆☆☆

3월 5일

키다리 아저씨께

3월의 바람이 불어오고, 하늘에는 무겁고 짙은 구름이 가득 떠다니고 있네요. 전나무 숲에 앉은 까마귀들이 시끄럽게 울어대요! 사람을 취하게 하고, 흥분시키고, 부르는 듯한 소리죠. 이런 날에는 책을 덮고 언덕으로 나가 바람과 달리고 싶어요.

지난 토요일, 종이를 뿌리며 하는 술래잡기를 했어요. 질퍽한 땅을 8킬로미터나 돌아다녀야 했죠. 여우라 불리는 술래들(여학생 세 명이고, 색종이를 많이 들고 다녀요)이 삼십 분 먼저 출발하고, 사냥꾼 스물일곱 명이 쫓아갔어요. 저는 사냥꾼이었답니다. 사냥꾼 가운데 여덟 명은 중간에 포기했고, 결국 열아홉 명만이 게임을 끝마쳤어요. 언덕을 넘어 옥수수밭을 지나 늪지로 들어갔어요. 거기서는 흙무더기를 골라 건너뛰어야 했답니다. 물론 절반 이상이 발목까지 늪지에 빠지고 말았죠. 그러면서 계속 길을 잃는 바람에 늪지에서만 이십오 분 정도를 허비하고 말았어요. 그러고 나서 숲을 지나 언덕에 다다랐는데 헛간 창문이 보였어요! 헛간 문은 모두 잠겨 있었고 높은 데 아주 작은 창문이 나 있더군요. 그리 공평하다고는 할 수 없지 않나요?

하지만 우리는 헛간 안으로 들어가지 않았어요. 주변을 빙 둘러보다 사람들이 지나간 흔적을 찾아냈죠. 낮은 헛간 지붕을 거쳐 울타리 꼭대기로 지나간 흔적이 있더라고요. 여우는 우리가 그곳에 머무를 거라고 생각했겠지만 우린 보란 듯이 예상을 뒤엎었죠. 경사가 완만한 목초지를 따라 3킬로미터 조금 넘게 걸어갔어요. 종이가 드문드문 떨어져 있어서 추적이 꽤 힘들었죠. 1.8미터 이내 간격으로 종이를 뿌리는 게 규칙이었지만, 제 생전에 그렇게 멀게 느껴지는 1.8미터는 처음이었다고요. 결국 걷고 또 걸어서 두 시간 뒤 크리스털 스프링(여학생들이 썰매와 건초마차를 타고 가서 닭고기와 와플을 저녁 식사로 먹는 농가예요)의 부엌까지 갔고, 그곳에서 조용히 우유와 꿀, 비스킷을 먹고 있던 여우 셋을 찾아냈죠. 우리가 그렇게 멀리까지 올 거라고는 생각 못 했던 모양이에요. 그냥 그 헛간 창문과 씨름하고 있을 줄 알았대요.

양쪽 모두 자기들이 이겼다고 주장했죠. 하지만 제 생각엔 우리가 이긴 것 같아요. 그렇지 않나요? 그 애들이 학교로 돌아가기 전에 잡았잖아요. 어쨌든 사냥꾼 열아홉 명은 모두 꿀을 얻어먹으려고 주방 가구들을 넘어 메뚜기 떼처럼 몰려들었죠. 크리스털 스프링 부인(원래는 존슨 부인이지만 애칭으로 이렇게 부르죠)이 딸기잼 한 단지와 지난주에 만든 단풍나무 시럽, 갈색 빵 세 덩어리를 내왔답니다. 모두가 배를 채울 수 있을 만큼은 아니었지만요.

우리는 여섯 시 반이 넘어서야 학교로 되돌아왔어요. 저녁 식사에 삼십 분이나 늦었죠. 그래서 옷도 못 갈아입고 곧장 식당으로 가서 엄청난 식욕으로 음식에 달려들었어요. 그리고 다 함께 저녁 예배를 빼먹었죠. 신발이 더럽다는 핑계를 대고서요.

시험에 대해서는 말씀을 못 드렸네요. 전 과목 모두 가볍게 통과했어요. 이제 요령을 터득했고, 다시 낙제할 일은 없을 거예요. 물론 1학년 때의 그 끔찍한 라틴어 산문과 기하학 때문에 우등생으로 졸업하기는 글렀지만요. 그렇지만 상관없어요. 그대가 행복하기만 하다면, 무슨 상관 있으랴? (이건 인용문이에요. 고전 문학을 읽고 있거든요.)

고전 이야기가 나왔으니까 말인데, 『햄릿』 읽어보셨어요? 아직 안 보셨으면 당장 읽어보세요. 정말 대단한 작품이에요. 셰익스피어에 대해 늘 들어왔지만, 그 정도로 잘 썼는지는 몰랐어요. 명성 때문에 사람들이 그냥 그렇게 생각하는 게 아닌가 싶었거든요.

제가 까마득히 오래전 처음 글을 배웠을 때 만들어낸 멋진 놀이가 있어요. 매일 밤, 잠자리에 누워 그 당시 읽던 책에 등장하는 인물(가장 중요한 인물요)인 척하는 거죠.

지금은 오필리아예요. 현명한 오필리아! 저는 햄릿을 즐겁게 해주고 있어요. 그를 다정하게 어루만져주고 꾸짖기도 하고 그가 감기에 걸리면 목수건을 매어주기도 한답니다. 그의 우울함도 완전히 치유해주죠. 왕과 왕비는 모두 죽었어요. 바다에서 사고가 있었거든요. 장례식은 필요 없었죠. 그래서 햄릿과 제가 아무 문제 없이 덴마크를 잘 다스리고 있습니다. 멋지게 잘 돌아가는 왕국이에요. 햄릿은 정치를 맡고 저는 자선 사업을 돌보죠. 얼마 전에 일류 고아원을 설립했답니다. 아저씨나 다른 이사님들이 그곳을 둘러보고 싶으시다면 기꺼이 구경시켜드릴게요. 좋은 비법을 많이 얻어 가실 수 있을 거예요.

당신의 가장 우아한 덴마크 왕비

오필리아 올림

☆☆☆

3월 24일? 아니면 25일?

키다리 아저씨께

저는 천국에 못 갈 것 같아요. 여기서 이렇게 좋은 것들을 많이 누리는데, 죽어서도 천국에 간다면 불공평하지 싫어요. 어떤 일이 있었는지 아세요?

제루샤 애벗이 단편 소설 공모전에 당선되었답니다. 학교 월간지가 매년 주최하는 대회인데 상금이 25달러예요. 저는

2학년밖에 안 됐잖아요! 주로 4학년들이 응모했거든요. 제 이름이 당선자 명단에 있는 것을 보았을 때, 이게 진짜인가 싶었어요. 결국 저는 작가가 될 건가봐요. 리펫 원장님이 이렇게 우스꽝스러운 이름을 짓지만 않았다면 얼마나 좋았을까요. 여류 작가 이름처럼 들리나요?

게다가 봄 연극제 배우로도 뽑혔어요. 「뜻대로 하세요」를 야외 무대에 올리기로 했답니다. 저는 로절린드의 사촌언니 셀리아 역을 맡았어요.

그리고 마지막 소식입니다. 다음 주 금요일, 샐리와 줄리아랑 뉴욕에 가기로 했어요. 봄 상품도 사고, 거기서 하루 머물 거예요. 다음 날에는 '저비 도련님'과 연극도 볼 거고요. 저희들을 초대해주셨거든요. 줄리아는 가족과 집에서 지낼 거고, 샐리와 저는 마사 워싱턴 호텔에 묵기로 했어요. 이렇게 흥분되는 일이 또 있을까요? 저는 호텔에 묵어본 적이 한 번도 없어요. 극장도 처음이기는 마찬가지고요. 물론 성당에서 축제 때 고아들을 초청했던 적이 있었죠. 그런데 그건 진짜 연극이 아니었으니까요.

이번에 어떤 연극을 관람하기로 한 줄 아세요? 다름 아닌 「햄릿」이에요. 생각해보세요! 셰익스피어 수업 때 그 희곡을 4주간 배워서 모조리 외웠다고요.

이런 가능성들을 생각하면 너무 신나서 잠이 안 오는 거

있죠.

아저씨, 안녕히 계세요.

정말 즐거운 세상이네요.

당신의 주디 올림

추신: 조금 전 달력을 봤더니, 오늘 28일이네요.

추신 하나 더: 오늘 시내 전차에서 어떤 차장님을 보았는데, 눈동자가 한쪽은 갈색이고 다른 쪽은 파란색이더라고요. 탐정 소설에 등장하는 악당으로 제격이지 않나요?

☆☆☆

4월 7일

키다리 아저씨께

세상에나! 뉴욕은 정말 거대한 도시였어요! 우스터는 아무것도 아니더라고요. 아저씨는 정말 그런 혼잡한 곳에서 사시는 거예요? 이틀간 어리둥절했던 게 몇 달은 지나야 회복될 것 같다니까요. 제가 본 놀라운 것들을 어디서부터 말씀드려야 할지 모르겠어요. 하긴 아저씨는 이미 알고 있으시겠죠. 그곳에서 살고 계시니까.

그런데 뉴욕 거리들은 하나같이 흥미롭지 않나요? 사람들도 마찬가지고요. 가게는 또 어떻고요? 진열장에 놓인 물건들은 제가 본 것들 중 가장 근사했어요. 그 물건들을 보고 있으면 옷 입는 데 인생을 바치고 싶어진다니까요.

토요일 아침에 샐리, 줄리아와 함께 쇼핑하러 갔어요. 줄리아는 그중에서도 가장 근사한 가게로 들어갔어요. 하얀색과 금색 벽, 파란 카펫, 파란 실크 커튼에 금박 의자들까지. 질질 끌리는 검은색 실크 롱드레스를 입은 완벽한 금발 미인이 반가운 미소를 지으며 맞이하더라고요. 저는 사교적 방문이라 여기고 악수를 했지만, 사실 우리는 모자를 사러 간 거였죠. 적어도 줄리아는 그랬어요. 그 애는 거울 앞에 앉아 모자를 열 개도 넘게 써봤어요. 쓰면 쓸수록 더 예쁜 모자가 나왔고, 결국 그중에서 제일 예쁜 모자 두 개를 샀답니다.

거울 앞에 앉아서 가격대에 상관없이 원하는 모자를 사는 것보다 더 즐거운 일이 있을까요? 당연히 없을 거예요. 뉴욕은 존 그리어 고아원에서 그렇게 끈기 있게 쌓아온 참하고 금욕적인 성품을 순식간에 무너뜨리고 말 거예요.

쇼핑을 마친 후, 셰리 레스토랑에서 저비 도련님을 만났어요. 아저씨도 그 식당에 가보셨죠? 먼저 그곳을 그려보세요. 그리고 존 그리어 고아원의 식당도 떠올려보세요. 기름 먹인 천 덮개를 씌운 식탁, 절대 깨질 리 없는 흰 그릇들, 그리고 나무손잡이 칼과 포크를 사용하는 그곳을요. 제가 어떻게 느꼈을지 아시겠죠!

저는 생선을 먹을 때 다른 포크를 쓰고 말았어요. 그런데 웨이터가 친절하게도 아무도 눈치 못 채도록 하나 더 갖다 주었답니다.

점심식사를 하고 나서는 극장으로 갔어요. 정말 믿기지 않을 정도로 눈부시고 경이로운 곳이더군요. 지금도 매일 그 극장에 대한 꿈을 꾼다니까요.

셰익스피어는 정말 놀랍지 않나요?

「햄릿」은 수업 시간에 분석했을 때보다 무대에 올린 연극으로 보니 더 멋졌어요. 전에도 진가를 알아보기는 했지만, 이제는 뭐라고 표현하지 못할 경지로 느껴져요!

아저씨만 괜찮다면, 전 작가보다 배우가 되는 편이 나을 것 같아요. 대학을 그만두고 연극 학교에 가면 안 될까요? 그러면 제가 공연할 때 특별석 표를 보내드리고, 무대 위에서 아저씨를 향해 미소 지어 보일게요. 아저씨는 그저 가슴에 빨간 장미만 달고 계시면 돼요. 그래야 아저씨를 알아보고 미소 지을 수 있을 테니까요. 만약에 다른 사람에게 그런다면 정말 끔찍하고 황당한 실수가 되겠네요.

토요일 밤, 돌아오는 기차 안에서 저녁식사를 했어요. 분홍색 램프가 설치된 작은 식탁에서 흑인 웨이터의 서비스를 받으면서요. 기차에서 식사할 수 있다는 걸 처음 알았어요. 무심결에 그 얘기를 입 밖으로 꺼내고 말았답니다.

"도대체 어디서 자란 거야?"

줄리아가 제게 말했죠.

"시골 마을에서."

저는 고분고분 대답해줬어요.

"그렇지만 여행도 한번 안 해본 거야?"

"대학 올 때가 내 첫 여행이었어. 그때도 거리가 257킬로미터밖에 안 돼서 식사는 안 했지."

줄리아는 저를 굉장히 흥미롭게 생각해요. 제 입에서 그렇게 우스운 이야기들이 나오니까요. 저도 그런 말들을 하지 않으려고 애쓰기는 하는데, 놀랄 때면 어쩔 수 없이 불쑥 튀어나와버려요. 문제는 제가 항상 잘 놀란다는 것이죠! 아저씨, 존 그리어 고아원에서 18년을 보낸 다음 세상 속으로 뛰어드는 것은 정말 아찔한 경험이에요.

그렇지만 점차 적응해가고 있어요. 예전만큼 끔찍한 실수는 하지 않는답니다. 그리고 다른 여자애들과 있어도 더 이상 불편하지 않아요. 전에는 사람들이 저를 볼 때마다 초조해지곤 했었죠. 제 가짜 새 옷을 뚫고 그 속에 있는 체크무늬 무명옷을 들여다보는 것 같았거든요. 하지만 더 이상은 무명옷이 저를 괴롭히게 놔두지 않아요. 어제의 괴로움은 어제로 족하니까요.

참, 꽃 받은 이야기를 빼먹었네요. 저비 도련님이 우리 세 사람 각자한테 제비꽃과 은방울꽃이 어우러진 커다란 꽃다발을 선사했답니다. 정말 친절하신 분이죠? 고아원 이사님들 때문에 남자를 좋아하는 일이 익숙하지 않았는데, 이제 마음이 바뀌고 있어요.

편지가 열한 장이나 되네요. 그래도 편지랍니다! 용기를 가지고 읽으세요. 이제 그만 쓸게요.

언제나 당신의 주디 올림

☆☆☆

4월 10일

부자 아저씨께

아저씨가 보내주신 50달러짜리 수표 다시 돌려보냅니다. 너무 감사해요. 하지만 받으면 안 될 것 같아요. 용돈으로도 필요한 모자들을 충분히 살 수 있어요. 고급 모자 가게니 뭐니 쓸데없는 말들을 쓴 게 죄송스러울 따름입니다. 전에 그런 걸 한 번도 본 적이 없어서요.

그치만 구걸했던 건 아니에요. 제가 받아야 하는 것 이상의 자선은 받고 싶지 않습니다.

당신의 진실한 제루샤 애벗 올림

☆☆☆

4월 11일

사랑하는 아저씨께

제가 어제 쓴 편지는 용서해주시겠어요? 그 편지를 부치고 난 뒤에 후회가 밀려와 회수하려고 해봤지만, 불쾌한 우편물 담당자가 돌려주지 않더라고요.

지금은 한밤중이에요. 제 자신이 벌레처럼 느껴져서 몇 시간째 잠들지 못하고 있어요. 다리가 수천 개씩이나 달린 벌레요. 이게 제가 할 수 있는 최악의 말이랍니다! 줄리아와 샐리를 깨우면 안 되니까 서재로 들어와 문을 살짝 닫았어요. 그리고 역사 공책 한 장을 찢은 다음, 침대에 앉아 쓰는 중이에요.

아저씨가 보내신 수표를 그렇게 무례하게 돌려보내서 정말 죄송해요. 아저씨께서 친절한 마음으로 보내셨다는 걸 잘 알아요. 그리고 아저씨는 모자처럼 사소한 것에도 신경 써주시는 어른인 것 같아요. 제가 좀 더 예의 바르게 처신했어야 하는데 죄송해요.

그렇지만 어떤 일이 있어도 저는 그걸 돌려드려야 했답니다. 저는 다른 여자아이들과 다르잖아요. 그 애들은 사람들에게서 자연스레 뭔가를 받을 수 있어요. 부모님, 형제자매, 고모, 삼촌 등 다양한 혈육들이 있으니까요. 하지만 제게는 그런 관계가 아무도 없죠. 아저씨를 혈육처럼 생각하긴 하지만, 단지 상상 놀이를 하는 것뿐이잖아요. 실제로는 그렇지 않다는 것을 잘 알지요. 전 혼자예요. 정말로. 벽을 등진 채 세상과 맞서야 하죠. 그것만 생각하면 숨이 막혀요. 그래서 그 생각을 밀어내고 제게도 혈육이 있는 척하는 거예요. 이제 아시겠어요? 저는 받아야 되는 돈 이상을 받을 수 없어요. 언젠가 그것을 갚고 싶어질 테니까요. 제가 원하는 대로 대문호가 된다고 해도 그 어마어마한 빚을 감당하지 못할 거예요.

저도 예쁜 모자와 물건들을 좋아한답니다. 그렇지만 그것들을 사려고 미래를 담보로 걸어서는 안 되는 거잖아요.

아저씨, 제가 불손하게 굴었던 것 용서해주실 거죠? 제게는 끔찍한 습관이 있어요. 뭔가가 생각나면 곧바로 충동적인 편지를 쓰고, 돌이킬 수도 없이 그걸 부쳐버리곤 하죠. 제가 때때로 생각 없고 감사할 줄 모르는 사람처럼 보이더라도 의도적으로 그러는 건 아니랍니다. 마음속으로는 늘 아저씨가 선사해주신 삶, 자유, 독립에 대해 감사드리고 있어요. 제 어린 시절은 반항심으로 가득한 길고 침울한 시간이었어요. 그리고 이제 저는 하루하루, 순간순간이 너무나 행복해요. 진짜인지 믿기지 않을 정도라고요. 동화책 속에 나오는 여주인공이 된 기분이에요.

벌써 두 시 십오 분이네요. 이제 까치발로 걸어가 메일 슈트에 편지를 넣을 거예요. 지난번 편지를 받으신 후, 곧이어 이 편지를 받으시겠죠. 저를 나쁘게 생각하실 시간이 그리 길지는 않겠어요.

안녕히 주무세요.

아저씨를 늘 사랑하는 주디 올림

☆☆☆

5월 4일

키다리 아저씨께

지난주 토요일에 운동회를 했어요. 정말 대단한 행사였죠. 시작할 때 모든 학년이 다 같이 퍼레이드를 했어요. 다들 하얀 린넨 옷을 입었고요. 4학년들은 파란색과 금색이 어우러진 일본식 우산을 들었고, 3학년들은 하얗고 노란 깃발을 들었죠. 우리 학년은 진홍색 풍선을 들었는데 정말 멋졌어요. 특히 손에서 놓은 풍선들이 하늘을 둥둥 떠다닐 때는 그야말로 장관이었죠. 신입생들은 기다란 색 띠를 두른 초록색 박엽지 모자를 썼어요. 또 시내에서 초청해온 파란 제복 음악단도 있었답니다. 서커스 어릿광대들도 열댓 명 와서 경기 사이사이에 관중들 흥을 돋워주었어요.

줄리아는 린넨 먼지떨이와 큼직한 우산을 들고 수염을 붙여 뚱뚱한 시골 아저씨처럼 분장했답니다. 키가 크고 날씬한 팻시 모리아티(진짜로는 퍼트리샤예요. 이런 이름을 들어보신 적 있으세요? 리펫 원장님도 이보다 이상하게 짓지는 못하실걸요)가 줄리아의 부인 역할을 맡았고, 한쪽 귀에 우스꽝스러운 초록색 보닛을 걸치고 있었죠. 그 모습에 사람들 모두 웃음이 끊이지 않았어요. 줄리아가 맡은 역할을 어찌나 잘 연기하던지 놀랐어요. 펜들턴 가문 사람이 그렇게 코미디언답게 잘할 줄은 상상도 못 했거든요. 저비 도련님께는 양해를 구해야겠지만요. 그런데 사실 그분을 진짜 펜들턴 가문 사람으로 여기진 않아요. 아저씨를 진짜 고아원 이사로 여기지 않는 것처럼 말이죠.

샐리와 저는 퍼레이드에는 참여하지 않았어요. 저희 둘은 경기에서 뛰어야 했거든요. 결과가 어땠는지 아세요? 둘 다 1등을 했어요! 적어도 한 경기에서는요. 멀리뛰기는 순위 안에 못 들었어요. 그렇지만 샐리는 장대높이뛰기에서 221센티미터 기록으로 우승했고, 저는 45미터 달리기에서 8초 기록으로 우승을 거머쥐었죠.

마지막엔 엄청 헐떡거렸지만, 학년 전체가 풍선을 흔들며 응원하고 환호성을 지르니 정말 신이 나더라고요.

주디 애벗이 어쩐 일이니?

그 앤 정말 괜찮아.

누가?

주디 애-벗!

아저씨, 정말 뿌듯한 순간이었어요. 그러고 난 뒤 탈의실 천막으로 빠르게 들어가서 알코올로 문지르고 레몬도 빨아 먹었죠. 모두 프로 선수들 같았다니까요. 학년을 대표해 경기에서 우승하는 것은 좋은 일이에요. 경기를 가장 많이 이긴 학년이 올해 운동회의 우승컵을 받으니까요. 올해는 4학년이 우승을 차지했죠. 일곱 경기를 이겼거든요. 저녁에는 체육관에 모여 식사를 했어요. 학교 체육회가 우승자들을 위해 저녁 식사를 마련했거든요. 껍질이 연한 게 튀김, 농구공 모양의 초콜릿 아이스크림 등을 먹었답니다.

지난밤에 『제인 에어』를 읽으며 밤을 새다시피 했어요. 아저씨는 60년 전 시대를 아실 만큼 나이가 많으신가요? 만약 그렇다면, 사람들이 그 시절에 정말 그런 식으로 말했나요?

거만한 블랑쉬 부인이 하인에게 이렇게 말해요. "이 녀석아, 잡담 그만두고 내가 시키는 대로 하여라!" 로체스터 씨는 '하늘'을 '금속성 창공'이라고 표현하죠. 그리고 하이에나처럼 웃고, 침대 커튼에 불을 붙이고, 웨딩 면사포를 물어뜯어 찢는 정신 나간 여자도 등장해요. 신파극의 극치라 할 수 있죠. 그렇지만 아저씨도 한번 읽기 시작하면 손에서 내려놓지 못할 거예요. 어떻게 젊은 아가씨가 그런 책을 쓸 수 있었는지 모르겠어요. 특히나 교회 관사 안에서만 자란 여자가 말이죠. 브론테 자매들에게는 저를 매혹시키는 특별함이 있어요. 책이나 삶이나 기질 모든 면에서요. 그 사람들은 그런 걸 어디서 얻었을까요? 어린 제인이 자선 학교에서 어려움을 겪는 부분들을 읽을 때, 전 너무 화가 치밀어서 밖을 걸으며 마음을 가라앉혀야 했답니다. 그 아이 마음이 어땠을지 백번 이해가 갔거든요. 제가 리펫 원장님을 훤히 꿰고 있듯이, 브로클허스트 씨도 어떤 사람인지 알 수 있어요.

아저씨, 그렇다고 화내진 말아주세요. 존 그리어 고아원이 로우드 인스티튜트와 비슷하다고 비꼬는 것은 아니니까요. 저희는 먹을 것, 입을 것, 씻을 물도 풍족했고, 지하 창고에 보일러도 있었죠. 그런데 완전히 똑같은 점이 한 가지 있어요. 삶이 너무나 단조롭고 지루했다는 것. 좋은 일은 하나도 없었어요. 일요일마다 아이스크림 먹는 것만 빼고요. 심지어 그것조차 반복적인 일이 되고 말았죠. 그곳에서 지낸 18년 동안 벌어진 유일한 모험은 장작 헛간에 불이 났던 일이에요. 모두들 한밤중에 일어나 옷을 입고 대기하고 있었죠. 고아원 건물까지 불에 휩싸일 수도 있었으니까요. 그렇지만 그런 일은 벌어지지 않았고, 모두들 다시 잠자리로 돌아가야 했답니다.

사람들은 뭔가 놀라운 일을 좋아하기 마련이에요. 인간이라면 자연스럽게 갖게 되는 열망이랄까요. 하지만 제게는 그런 일이 한 번도 일어나지 않았죠. 리펫 원장님이 저를 원장실로 불러, 존 스미스 씨가 대학에 보내주실 거라고 말하기 전까지는요. 그때 처음으로 제게도 그런 일이 일어난 거예요. 그나마도 원장님이 어찌나 뜸들이며 말씀하시던지, 생각보다 많이 놀라지는 않았다니까요.

아저씨도 아시겠지만, 사람한테 가장 필요한 자질은 상상력인 것 같아요. 상상력이 있어야 다른 사람 입장을 헤아릴 수 있어요. 그리고 다른 사람들에게 친절히 대하고 동정심과 이해심을 가질 수 있죠. 아이들은 반드시 상상력을 길러야 해요. 그렇지만 존 그리어 고아원은 상상력의 싹이라도 보일라치면 바로 짓밟아버리죠. 고아원에서 북돋워주는 유일한 자질은 바로 의무감이에요. 전 아이들이 그 말의 의미를 알아야 된다고 생각하지 않아요. 그것은 끔찍하고 혐

오스러운 것이니까요. 모든 일은 의무감이 아니라 사랑으로 해야 한다고요.

제가 원장이 되어 운영할 고아원을 보게 되실 테니 기다려 보세요! 잠자리에 들기 전에 즐겨 하는 놀이가 있는데요. 고아원에 대해 아주 상세하게 구상하는 거예요. 식사, 옷, 공부와 놀이 등에 대해서 아주 구체적으로요. 아무리 뛰어난 고아들조차도 때로는 말썽을 부릴 테니까 어떤 벌을 줄지도 생각하고 있답니다.

그래도 그 애들은 모두 행복할 거예요. 자라면서 얼마나 많은 문제를 일으키든 상관없이, 모든 사람에게는 추억할 만한 행복한 어린 시절이 필요하잖아요. 제 아이들이 생긴다면 제가 그 어떤 불행을 겪든 상관없이, 그 애들이 다 클 때까지 돌봐줄 거예요.

(예배 종이 울리네요. 언젠가 이 편지를 끝마칠 수 있겠죠.)

목요일

오늘 오후 실험실에서 돌아와보니 다람쥐가 티 테이블에 앉아서 아몬드를 마음껏 먹고 있더라고요. 날이 따뜻해져서 창문을 열어놓았더니 이런 손님들이 찾아오네요.

토요일 아침

토요일에는 수업이 없어요. 그래서 금요일 밤에 지난번 상금으로 산 스티븐슨의 전집을 읽으며 조용하고 즐거운 시간을 보냈답니다. 그런데 아저씨는 여자대학에 와보신 적 없죠? 친구들 여섯이 퍼지를 만들겠다고 제 방에 왔다가 한 아이가 덜 굳은 퍼지를 가장 좋은 양탄자 한가운데에 떨어뜨렸답니다. 원래대로 깨끗해지지 않을 것 같아요.

최근에는 수업에 관한 이야기를 안 해드렸죠? 여전히 매일 매일 열심히 수업을 듣고 있답니다. 공부에서 한 발 떨어져 그냥 인생 전반에 대해 이야기하면 왠지 안심이 돼요. 물론 저와 아저씨 중에서 한쪽에 치우친 토론이겠지만요. 그건 모두 아저씨 탓이죠. 원한다면 언제든 답장하셔도 됩니다.

이 편지를 사흘에 걸쳐 찔끔찔끔 쓰고 있어요. 그래서 지금

부 에트 비앵(아저씨가 너무) 지루해하시지 않을까 겁나네요!

안녕히 계세요, 좋은 아저씨.

주디 올림

키다리 스미스 아저씨께

오늘은 논증법 그리고 명제를 주제별로 나누는 법에 대해 배웠습니다. 그래서 편지도 아래와 같은 형식으로 쓰기로 했습니다. 필요한 사실들은 모두 넣었고, 불필요한 장황함은 뺐습니다.

1. 이번 주에 시험을 쳤어요.
   A. 화학
   B. 역사
2. 새 기숙사를 짓고 있어요.
   A. 건축자재
      a. 붉은 벽돌
      b. 회색 돌
   B. 수용 인원
      a. 사감 1명, 조교 5명
      b. 여학생 200명

c. 관리인 1명, 요리사 3명, 여자 급사 20명, 기숙사 청소부 20명

3. 후식으로 정킷을 먹었어요.

4. 셰익스피어 희곡을 특별 주제로 리포트를 쓰고 있어요.

5. 루 맥마흔이 오늘 오후에 농구하다가 미끄러져서 넘어졌어요.

   A. 어깨가 탈구되고

   B. 무릎에 멍이 들었어요.

6. 새 모자의 장식은

   A. 푸른 벨벳 리본

   B. 푸른 깃 두 개

   C. 그리고 빨간 방울 세 개

7. 지금은 9시 30분입니다.

8. 안녕히 주무세요.

주디 올림

☆☆☆

6월 2일

키다리 아저씨께

제게 어떤 좋은 일이 있었는지 아저씨는 짐작도 못 하실 거예요. 맥브라이드 가족이 애디론댁 산맥 캠핑장에서 여름

을 같이 보내자고 저를 초대해주었어요! 그 가족은 숲 한가운데에 있는 멋지고 아담한 호수 근처 클럽의 회원이래요. 여러 회원들이 나무들 사이사이에 통나무집을 지었죠. 호수에서 카누도 타고, 다른 캠핑장으로 이어지는 오솔길들을 따라 산책도 하고, 클럽 하우스에서 일주일에 한 번 춤도 춰요. 지미의 대학 친구들이 며칠 머물 건가봐요. 그래서 춤출 상대가 많을 것 같아요.

저를 초대해주시다니 맥브라이드 부인은 정말 친절하시죠? 크리스마스에 방문했을 때 제가 마음에 드셨나봐요.

편지가 짧아 죄송해요. 이건 진짜 편지가 아니에요. 아저씨께 여름 방학을 어떻게 보낼지 말씀드리려고 쓰는 거죠.

아주 만족스러운

당신의 주디 올림

☆☆☆

6월 5일

키다리 아저씨께

조금 전에 아저씨 비서분의 편지를 받았어요. 스미스 씨는 제가 맥브라이드 집안의 초대에 응하지 않기를 바라며, 지난여름과 마찬가지로 록 윌로우 농장에 가기를 원하신다고 쓰여 있더군요.

아저씨, 왜요? 왜 그래야 하죠?

아저씨께서 잘 모르시나본데, 맥브라이드 부인은 제가 오기를 진심으로 원하세요. 제가 그 가족에게 어떤 부담도 되지 않는다고요. 오히려 도움이 될 거예요. 그분들은 하인들을 많이 부리지 않아요. 그래서 샐리와 제가 많이 거들 수 있죠. 제가 살림을 배울 수 있는 좋은 기회라고요. 여자라면 살림을 알아야 하는데, 저는 고아원 살림밖에 모르잖아요.

게다가 캠핑장에는 또래 아이들이 없어요. 그래서 맥브라이드 부인은 제가 샐리에게 벗이 되어주기를 바라세요. 저희 둘은 방대한 독서를 계획하고 있어요. 내년 국어와 사회학 시간에 배울 책을 모조리 읽어둘 생각이죠. 교수님이 그러시는데, 여름 방학 때 미리 읽어두면 큰 도움이 될 거래요. 그리고 둘이서 책 내용에 대해 이야기 나눈다면 기억하기도 더 쉬울 테고요.

샐리네 엄마와 한집에서 생활하는 것 자체가 이미 산교육이에요. 그 부인은 세상에서 가장 흥미롭고 유쾌하고 다정하고 매력적인 여성이시죠. 모르는 게 없으셔요. 제가 수없이 여름을 함께 보낸 리펫 원장님과 얼마나 천지 차이로 느껴질지 생각해보세요. 저 때문에 그 집이 붐빌 거라는 걱정은 안 하셔도 돼요. 그 집은 고무로 만들어진 거나 마찬가지라고요. 손님이 많으면 숲속에 텐트를 치고 남자아이들을 밖으로 내보내면 되거든요. 그리고 끊임없이 야외활동을 하는 즐겁고 건강한 여름이 될 거예요. 특히 지미가 승마, 카누 노 젓기, 총 쏘는 법을 비롯해서 제가 알아야 할 많은 것들을 가르쳐주기로 했어요. 그동안 한 번도 누려보지 못한 멋지고 행복하고 걱정 없는 시간이 될 거예요. 여자아이라면 모두 인생에 한 번 정도는 그런 호사를 누릴 자격이 있는 것 같아요. 물론 저는 아저씨가 시키는 대로 하겠지만 말이에요. 그렇지만 제발, 아저씨, 허락해주세요. 이렇게 뭔가를 간절히 바랐던 적이 없어요. 미래의 대문호 제루샤 애벗이 아니라, 그냥 평범한 여자아이 주디로서 이 편지를 씁니다.

☆☆☆

6월 9일

존 스미스 씨께

선생님. 7일 자로 편지 받았습니다. 비서를 통해 전하신 지침에 따라, 저는 오는 금요일에 이곳을 떠나 록 윌로우 농장으로 가서 여름을 보내도록 하겠습니다.

언제나 '미스'로 남길 원하는

제루샤 애벗 올림

☆☆☆

록 윌로우 농장, 8월 3일

키다리 아저씨께

거의 두 달 만에 드리는 편지네요. 바람직한 행동은 아니지요. 그렇지만 올여름에는 아저씨가 별로 마음에 들지 않아요. 알고 계시다시피 저는 솔직한 사람이잖아요!

제가 맥브라이드네 캠핑장으로 가는 것을 포기하면서 얼마나 낙담했을지 아저씨는 짐작도 못 하시겠죠. 아저씨가 제 보호자시니까 늘 아저씨 뜻에 따라야 한다는 것을 알아요. 하지만 왜 그래야 하는지 이유는 알아야 하는 거잖아요. 그건 제게 일어날 수 있는 최고의 일이 될 수도 있었다고요. 제가 아저씨라면 이렇게 말했을 거예요.

"그래, 얘야! 어서 가서 좋은 시간을 보내거라. 새로운 사람들을 만나고 새로운 것들을 많이 배우렴. 야외생활도 해보고 말이다. 그리고 앞으로 1년간 힘들게 공부해야 하니까 푹 쉬면서 건강 챙기길 바란다."

하지만 전혀 아니었죠! 아저씨 비서분은 제게 '록 윌로우 농장에 가라'는 명령만 전할 뿐, 그런 말은 털끝만큼도 덧붙이지 않았죠!

아저씨의 그런 비인간적인 지시 때문에 저는 상처를 받았어요. 제가 아저씨에 대해 느끼는 감정을 아저씨가 조금이라도 아셨다면, 비서분이 그 끔찍한 타자기로 친 통보가 아니라 아저씨 친필로 쓰신 메시지를 보내셨겠죠. 아저씨가 마음 쓰신다는 걸 아주 조금이라도 느낄 수 있다면, 저는 아저씨를 기쁘게 하기 위해 뭐든 할 거예요.

제가 답장을 기대해서는 안 되고, 즐겁고 세세한 장문의 편지를 써야 한다는 것을 알아요. 아저씨는 계약 조건을 지키면서 제가 교육받도록 해주시는데, 저는 그렇지 못하다고 생각하시겠군요!

그렇지만 아저씨, 정말 어려운 조건이에요. 정말 그래요. 저는 너무나 외롭거든요. 아저씨는 제가 좋아할 수 있는 유일한 사람이에요. 그런데 아저씨는 정말로 알 수 없는 분이에요. 제가 만들어낸 상상 속 인물에 불과하죠. 아마도 진짜 아저씨는 제 상상 속 아저씨와 조금도 비슷하지 않을지도 몰라요.

하지만 제가 병원에 입원했을 때 아저씨에게서 딱 한 번 카드를 받았지요. 완전히 잊힌 것처럼 느낄 때면, 그 카드를 꺼내서 다시 읽어본답니다.

원래는 이런 말을 하려던 게 아니었어요. 말씀드리려 했던 것은 이렇습니다.

임의적이고 독단적이고 부당하고 전능하고 눈에 보이지도 않는 신이 시키는 대로 움직여야 하는 것이 굉장히 굴욕

적이고 기분 나쁜 일이기는 해요. 아직 기분이 완전히 풀리지는 않았지만, 아저씨처럼 친절하고 관대하고 사려 깊었던 사람은 임의적이고 독단적이고 부당하고 눈에 보이지 않는 신이 되기를 선택할 자격이 있다고 생각해요. 그래서 저는 아저씨를 용서하고 다시 힘내기로 했어요. 그렇지만 가족과 즐거운 시간을 보내고 있다는 샐리의 편지를 받고 마음이 저려오는 것은 어쩔 수 없네요!

하지만 이제 그 일은 없었던 것으로 하고 다시 시작해요.

올여름에는 글쓰기에만 전념하고 있어요. 단편 네 편을 써서 잡지사 네 곳에 보냈어요. 제가 작가가 되려고 얼마나 노력하는지 아시겠죠.

저는 저비 도련님이 어린 시절에 비 오는 날 놀던 다락방의 한쪽 구석을 수리해서 작업실로 꾸몄어요. 지붕창이 두 개나 있어서 시원하고 바람이 잘 통하죠. 붉은 단풍나무가 그늘도 드리워주고요. 그 나무 구멍에는 붉은 다람쥐 가족이 살고 있답니다.

며칠 뒤 농장 소식과 함께 더 근사한 편지를 쓸게요.

비가 와야 할 텐데 걱정이네요.

언제나 당신의 주디 올림

☆☆☆

8월 10일

키다리 아저씨께

선생님. 목초지 연못가에 있는 버드나무의 두 번째 가지에 걸터앉아 편지를 쓰고 있습니다. 밑에서는 개구리가 개굴개굴 울어대고, 머리 위에서는 메뚜기가 노래하고, 작은 동고비 두 마리가 나무를 쏜살같이 오르락내리락하고 있네요. 벌써 한 시간쯤 여기 있었어요. 이 나뭇가지가 제일 편하네요. 소파 쿠션 두 개를 갖다 놓았더니 말도 못 하게 안락해요. 불후의 명작을 탄생시키고 싶은 마음에 펜과 메모지를 들고 올라왔죠. 그런데 이야기 속 여주인공 때문에 어려움을 겪고 있어요. 주인공이 제 뜻대로 행동하게 만들 수가 없네요. 그래서 글쓰기를 잠깐 멈추고 아저씨에게 편지 쓰고 있는 거예요. (그렇지만 아저씨도 제 뜻대로 할 수 없어 마음이 그리 편하지는 않네요.)

그 끔찍한 뉴욕에 계신 아저씨께, 산들바람이 불어오는 이 멋지고 화창한 풍경을 보낼 수 있으면 얼마나 좋겠어요. 일주일간 비가 내린 뒤 시골은 천국이나 다름없거든요.

천국 이야기가 나와서 말인데, 제가 아저씨께 지난여름에 말씀드렸던 켈로그 씨 기억하세요? 코너스에 있는 작고 하얀 교회의 목사님 말이에요. 세상에, 연세 지긋한 그분이 가

없게도 돌아가셨어요. 폐렴 때문에 지난겨울 그렇게 되셨대요. 그분 설교를 대여섯 번 들었던 터라, 그분의 신학에 꽤 익숙해져 있었어요. 그분은 자신이 처음 믿었던 것을 마지막까지도 고수했죠. 47년간 같은 생각을 이어올 수 있는 사람은 연구 대상으로 캐비닛에 영원히 보관해야 할 것 같아요. 저는 그분이 천국에서 금관을 쓴 채 하프를 켜고 있기를 바라요. 그분이 그럴 거라 확신했었으니까. 그분 자리에 새 목사님이 오셨는데 젊고 굉장히 활달한 분이에요. 신도들, 특히 커밍스 집사 파벌이 의심스러워하고 있지만 말이에요. 교회 내에 끔찍한 분열이 일어날 것만 같아요. 다들 이 동네에서 종교 개혁이 일어나는 걸 반기지 않는데 말이죠.

비가 내리던 일주일 동안, 저는 다락방에 앉아서 미친 듯이 책을 읽어댔죠. 주로 스티븐슨의 책들이었어요. 하지만 그의 책 속에 등장하는 그 어떤 인물들보다도 작가 자체가 제일 흥미로워요. 그는 소설 주인공에 충분히 어울릴 만한 삶을 살았던 것 같아요. 아버지가 유산으로 남긴 1만 달러를 몽땅 털어 요트를 사서는 남태평양으로 항해를 떠났거든요. 정말 소설에나 나올 법한 사람인 것 같지 않으세요? 그는 자기 모험심이 이끄는 대로 살았죠. 제 아버지가 1만 달러를 남겨주신다면, 저도 그랬을 거예요. 그가 사모아 섬에 지은 베일리마 저택을 생각하기만 해도 흥분이 된답니다. 저는 열대지방에 가고 싶고, 온 세상을 보고 싶어요. 언젠가는 그렇게 할 거예요. 나중에 훌륭한 작가 또는 예술가, 여배우나 극작가, 아니 그 어떤 훌륭한 사람이 되든 상관없어요. 제게는 엄청난 방랑벽이 있죠. 지도를 얼핏 보기만 해도 모자를 눌러쓰고 우산을 든 채 떠나고 싶어진다니까요.

"죽기 전에 열대지방의 야자수와 사원들을 보리라!"

목요일 저녁 황혼 즈음, 문간에 앉아서

이 편지에 새로운 소식을 보태기가 정말 어렵네요. 최근 들어 주디는 정말 철학적으로 바뀌고 있어요. 그래서 사소한 일상을 미주알고주알 기록하기보다는 전반적인 세상에 대해 논하고 싶어지네요. 그렇지만 아저씨가 꼭 소식을 들으셔야겠다면 다음과 같이 전합니다.

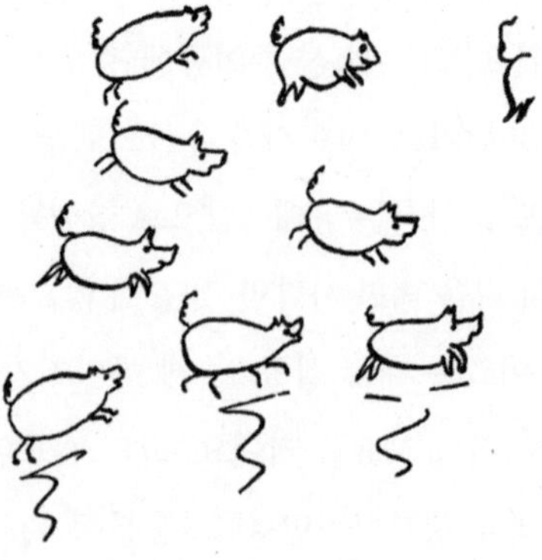

지난 화요일, 농장에서 키우던 새끼돼지 아홉 마리가 시내를 건너 멀리까지 달아났어요. 그중 여덟 마리만 돌아왔고요. 확실한 물증이 없는 상황에서 그 누구도 비난하고 싶지 않지만, 과부 다우드 부인네 돼지가 원래보다 한 마리 더 늘어난 것 같아요.

위버 씨는 헛간과 곡식 저장소 두 곳을 호박 빛깔의 밝은 노란색 페인트로 칠했어요. 정말 꼴사나운데, 위버 씨는 그 색이 오래간다고 그러네요.

이번 주에 브루어 집안에 손님이 왔어요. 브루어 부인의 여동생과 조카 두 명이 오하이오에서 왔죠.

농장에서 키우는 로드아일랜드레드종 닭 한 마리가 알을 열다섯 개 품었는데 그중 겨우 세 개만 병아리로 부화했어요. 도대체 뭐가 문제인지 모르겠네요. 제 생각에는 그 품종이 열등한 것 같아요. 버프오핑턴종이 더 낫지요.

보니릭 포 코너스에 있는 우체국에 새로 온 직원이 자메이카산 생강 뿌리 엑기스 재고를 모두 마셔버리고 나서 들키고 말았어요. 7달러 치나 됐대요.

연세 지긋한 아이라 해치 씨는 관절염 때문에 요즘 잘 걷지 못해요. 돈을 잘 벌 때 한 푼도 저축해놓지 않아서, 이제 동네 사람들한테 손을 벌리며 살아야 해요.

다음 주 토요일 밤 학교에서 아이스크림을 먹는 잔치가 열린대요. 가족 동반이랍니다.

저는 우체국에서 25센트짜리 새 모자를 샀어요. 아래 그림은 제 최근 모습이에요. 건초를 긁어 모으러 가는 길이죠.

너무 어두워져서 잘 보이지가 않네요. 어쨌든 전할 소식들은 이미 다 썼답니다.

좋은 밤 보내세요.

주디 올림

금요일

안녕하세요! 전해드릴 소식이 있어요. 어떤 소식일까요? 록 윌로우 농장에 누가 오기로 했는지 아세요? 펜들턴 씨가 셈플 부인에게 편지를 보냈더라고요. 지금 자동차를 타고 버크셔를 지나고 있는데 힘든가봐요. 그래서 근사하고 조용한 농장에서 쉬고 싶은데, 어느 날 밤 이곳에 들르면 방 하나 내줄 수 있겠냐고 물었대요. 아마도 일주일이나 2주일, 또는 3주일쯤 머물 건가봐요. 여기 와보면 이곳이 얼마나 편안한지 알게 되겠죠.

다들 야단법석을 떨고 난리예요! 온 집 안을 깔끔하게 청소하고 커튼도 빨았어요. 오늘 아침 저는 코너스에 가서 현관에 깔 기름 먹인 천, 그리고 복도와 뒤쪽 계단에 칠할 갈색 바닥용 페인트 두 통을 사왔죠. 다우드 부인도 내일 와서 창문 닦는 것을 거들기로 했고요(긴박한 상황을 감안해서 새끼 돼지에 대한 의심은 묻어버리기로 했답니다). 이러는 걸 보니 집이 원래 지저분했나보다 생각하시겠지만 그렇지 않아요. 정말 깨끗했답니다. 셈플 부인에게도 여러 가지 부족한 부분이 있겠지만, 어쨌든 부인이 살림의 고수인 것은 분명하니까요.

그런데 아저씨, 그 사람은 그야말로 남자처럼 굴지 않나요? 오늘 올지, 2주 뒤에 올지 전혀 귀띔해주지 않는다니까요. 그분이 오기 전까지 숨죽인 채 살 거예요. 서둘러 오지 않으면 집 안 대청소를 다시 해야 할 것 같네요.

아마사이가 그로브가 끄는 사륜마차를 밖에 세워놓고 기다리고 있어요. 저 혼자 마차를 몰고 다니거든요. 하지만 늙은 그로브를 보신다면, 제 안전은 걱정하지 않으실 거예요.

가슴에 손을 얹고 작별 인사를 보냅니다.

주디 올림

추신: 근사한 마무리죠? 스티븐슨의 편지에서 따온 거예요.

토요일

다시, 안녕하세요? 어제 집배원이 오기 전에 편지를 봉투에 넣어두었어야 했는데, 결국 못 부치고 이렇게 내용을 덧붙이게 됐네요. 하루 한 번 열두 시에 우편물이 배달되죠. 시골까지 우편물이 오니 농부들에게는 큰 축복이나 다름없어요! 그런데 집배원이라고 해서 편지만 전달하는 게 아니에요. 시내에서 대신 심부름을 해주죠. 한 건에 5센트를 받아요. 어제 집배원은 저한테 신발 끈과 콜드크림 한 병(새 모자를 사기 전에 코 피부가 그을려 벗겨졌거든요), 그리고 파란색 윈저 타이와 검정 구두약 한 통을 사다 주었죠. 심부름 값으로 10센트를 지불했어요. 주문한 물건 수에 비하면 굉장히 싼 거죠.

또 집배원은 세상에서 벌어지는 일에 대한 소식을 전해줘요. 집배원이 도는 길에 사는 몇몇 사람들이 일간 신문을 구독하고 있는데, 그가 그것을 읽은 뒤에 신문을 보지 않는 사람들에게 알려주는 거예요. 그래서 미국과 일본 사이에 전쟁이 났다든가, 대통령이 암살되었다든가, 또는 록펠러가 존 그리어 고아원에 1백만 달러를 기부했다 해도 아저씨가 굳이 힘들게 편지로 알려주시지 않아도 된답니다. 어떻게든 제 귀에 들어오게 되어 있으니까요.

저비 도련님이 올 기미가 전혀 보이지 않아요. 집이 얼마나 깨끗한지 아저씨가 보셔야 하는데! 모두들 집 안에 들어서기 전에 얼마나 조바심을 내며 발을 닦아대는지 몰라요.

그분이 어서 왔으면 좋겠어요. 이야기 상대가 생기길 고대하고 있거든요. 셈플 부인은 솔직히 조금 단조로운 분이에요. 새로운 생각들이 대화를 방해하도록 놔두지 않죠. 이런 점에서 이곳 사람들은 조금 흥미로워요. 그들의 세상은 오로지 이곳 언덕에만 국한되어 있거든요. 조금도 보편적이지 않아요. 제 말이 무슨 뜻인지 아실지 모르겠지만요. 존 그리어 고아원과 정말 똑같아요. 그곳에서는 우리 생각이 사면의 철제 울타리 속에 갇혀 있었죠. 그때 제가 그것을 단호히 거부하지 못했던 건 어렸고 몹시 바빴기 때문이에요. 제가 맡은 아이들 잠자리를 봐주고 얼굴을 씻겨줘야 했죠. 그리고 학교에서 돌아오면 다시 그 애들 얼굴을 씻기고 스타킹을 꿰매고 프레디 퍼킨스의 바지를 수선했죠(그 애는 하루도 안 빼고 바지를 찢어먹었거든요). 사이사이 제 공부도 해야 했고요. 사교 생활이 부족하다고 느낄 틈도 없이 어느새 잠잘 시간이 오곤 했답니다. 그렇지만 2년이 흐른 지금, 대학에서 많은 대화를 주고받다보니 오히려 그 생활이 그립기도 해요. 뜻이 통하는 사람을 만나면 무척이나 기쁘고요.

아저씨, 이제 다 쓴 것 같네요. 현재 이 밖의 어떤 일도 일어나고 있지 않으니까요. 다음에 조금 더 길게 쓰겠습니다.

언제나 당신의 주디 올림

추신: 올해는 상추 농사가 잘 안됐어요. 초여름부터 날씨가 가물었거든요.

☆☆☆

8월 25일

아저씨, 저비 도련님이 드디어 왔어요. 정말 즐거운 시간을 보내고 있답니다. 적어도 저는 그래요. 그분도 그럴 거예요. 온 지 벌써 열흘이 지났어요. 하지만 돌아갈 기미가 없어요. 셈플 부인이 그분을 애지중지 대하는 걸 보면 거북할 정도예요. 그분이 어렸을 때도 그렇게 제멋대로 하게 두었을 텐데, 어떻게 그렇게 잘 컸는지 모르겠어요.

우리 둘은 옆쪽 현관에 놓인 작은 탁자나 나무 밑에서 식사를 하기도 해요. 비가 오거나 쌀쌀할 때는 제일 좋은 응접실에서 먹죠. 그분이 식사하고 싶은 자리를 고르면 캐리가 식탁을 들고 졸졸 따라가요. 캐리가 귀찮을 만큼 멀리까지 접시들을 날라야 한다면, 그분은 으레 설탕 그릇 밑에 팁으로 1달러 정도 놓아둔답니다.

그분은 정말 다정한 사람이에요. 물론 아저씨가 그 사람을 대충 봐서는 제 말을 믿지 못하시겠지만 말이에요. 처음에 얼핏 보면 정말 펜들턴 가문 사람답게 보이죠. 그런데 실은 전혀 그런 사람이 아니에요. 나름 소박하고 가식도 없고 다정하기까지 하죠. 한 사람을 이렇게 묘사하다니 참으로 우습기는 하지만 사실이랍니다. 그분은 농장 근처 농부들에게도 정말 친절해요. 인격적으로 대하니까 다들 곧바로 마음을 열어요. 그들도 처음에는 의구심을 품었답니다. 그분 옷차림이 마음에 들지 않아서였죠! 조금 특이한 차림이기는 해요. 헐렁헐렁한 바지, 주름 잡힌 외투, 흰 플란넬 천으로 만든 옷, 부풀린 모양의 승마복 등을 입거든요. 그분이 뭔가 새로운 옷을 입고 나타날 때면, 셈플 부인은 자랑스러움에 환히 웃으면서 주위를 빙빙 돌며 바라보죠. 그리고 앉을 때 조심하라고 충고해요. 옷에 먼지라도 묻을까봐 전전긍긍하는 거죠. 저비 도련님은 그런 때 몹시 따분해해요. 그래서 늘 부인에게 이렇게 말한답니다.

"어서 가셔서 하던 일이나 마저 하셔요. 더 이상 저한테 이래라 저래라 못 하신다고요. 이제 저도 다 컸어요!"

다리가 긴 덩치 큰 남자가(아저씨만큼이나 다리가 길다니까요) 셈플 부인의 무릎에 앉아 세수하는 모습을 생각만 해도 정말 웃겨요. 특히 그 부인의 무릎을 본다면 더 웃길 거예요! 이제 무릎 살은 처져서 두 겹이고 턱은 세 겹이죠. 그런데 그분 말을 들어보니, 예전에 부인은 마르고 강단 있고 게다가 기운이 넘쳤대요. 그분보다 달리기가 더 빠를 정도였다나요.

우리는 이런저런 모험을 즐기고 있어요! 꽤 먼 곳까지 이

리저리 쏘다니고, 깃털로 만든 우스꽝스러운 작은 파리를 미끼로 낚시하는 법, 소총과 권총 쏘는 법을 배웠죠. 게다가 승마도 배웠답니다. 늙은 그로브가 그렇게 활력이 넘치다니 놀라웠어요. 사흘 동안 귀리를 먹였더니, 저를 태운 채 송아지를 보고 놀라 뒷걸음질치다가 달렸다니까요.

수요일

우리는 월요일 오후에 스카이 힐에 올랐어요. 농장 근처에 있는 산이에요. 그다지 높지는 않아요. 아마 꼭대기에도 눈이 쌓여 있지 않을 거예요. 그렇지만 아저씨가 정상까지 오르려면 엄청 숨이 가쁠걸요. 아래쪽 산비탈은 숲으로 덮여 있어요. 하지만 꼭대기는 바위만 쌓여 있는 황무지랍니다. 우리는 일몰을 보려고 그곳에서 모닥불을 피워놓고 저녁 요리를 했죠. 저비 도련님이 도맡아했어요. 그 사람은 자기가 저보다 요리를 잘한다고 생각하더라고요. 실제로도 그랬어요. 그분은 캠핑에 익숙한 사람이니까요. 그러고 나서 달빛을 받으며 산을 내려오는데, 나무 숲길에 다다르자 날이 어둑어둑해졌죠. 그래서 그분이 주머니에 담아온 전구의 불빛에 의지해 내려와야 했어요. 정말 재미있었어요! 그분은 내려오는 내내 웃으며 농담을 하고 재밌는 것들에 대해 얘기했어요. 제가 읽은 책은 물론이고 굉장히 많은 책들을 읽었더라고요. 그렇게 아는 것이 많다니 놀라워요.

오늘 아침에는 먼 곳까지 산책 나갔다가 폭풍우를 만났어요. 흠뻑 젖은 채 집에 돌아왔죠. 하지만 우리 기분은 눅눅하기는커녕 활기로 넘쳤어요. 우리가 부엌에 들어섰을 때 셈플 부인 얼굴이 어땠는지 보셨어야 하는 건데.

"세상에나! 저비 도련님, 주디 양! 둘 다 홀딱 젖었잖아요. 이런! 세상에나! 이를 어쩌나? 그 귀한 새 외투가 싹 망가져 버렸네!"

부인은 정말 재미있는 분이에요. 우리를 열 살짜리 어린 애들 취급하면서 정신없는 엄마처럼 군다니까요. 한동안 차에 넣을 잼을 안 줄까봐 엄청 걱정했답니다.

토요일

이 편지를 백만 년 전부터 쓰기 시작했어요. 그런데 제대로 쓸 시간이 당최 없네요.

스티븐슨의 생각이 꽤 그럴싸하지 않은가요?

> 이 세상은 많은 것들로 가득 차 있고
> 나는 우리 모두 왕처럼 행복해야 한다고 믿는다.

아시겠지만, 그건 사실이에요. 세상은 행복으로 가득 차 있고, 돌아다녀볼 곳은 수두룩하죠. 뜻밖에 찾아오는 그런 행복을 받아들일 의지만 있다면 말이에요. 모든 비밀이 '유연함' 속에 있어요. 특히 시골에서는 그런 즐거운 일들이 많아요. 모든 사람들의 땅을 걸어다닐 수 있고, 모든 사람들의 경치를 바라볼 수 있고, 모든 사람들의 개울을 건너다닐 수도 있죠. 그 땅의 주인인 것처럼 최대한 많이 누릴 수 있어요. 세금 한 푼 들이지 않고 말이죠!

☆☆☆

지금은 일요일 밤 열한 시예요. 이미 단잠을 자고 있어야 할 시간이지만 블랙커피를 마셔서 그런지 잠이 오질 않네요!

오늘 아침, 셈플 부인이 펜들턴 씨에게 아주 강경한 어조로 말했어요.

"열한 시까지 교회에 도착하려면 열 시 십오 분에는 집을 나서야 해요."

그러자 저비 도련님이 말했죠.

"잘 알겠어요. 마차 준비시키세요. 그런데 제가 미처 준비를 끝내지 못 하면 기다리지 말고 그냥 가세요."

"아니요, 기다릴 거예요."

"원하는 대로 하세요. 그런데 말을 너무 오랫동안 세워두지는 마세요."

그러고 나서 부인이 옷을 차려입는 동안, 그분은 캐리에게 점심을 챙기라고 시켰어요. 저에게는 산책 차림으로 재빨리 갈아입으라고 했죠. 그러고는 뒷문으로 슬그머니 빠져나가 낚시하러 갔답니다.

록 윌로우 농장에서는 일요일 두 시에 만찬을 즐겨요. 그래서 그 시간에 온 집 안이 분주해지죠. 그런데 그분이 일곱 시에 정찬을 하겠다고 말했어요. 그분은 자기가 원하는 때에 식사를 주문하거든요. 마치 식당에 온 손님 같지 않아요? 어쨌든 그래서 캐리와 아마사이는 마차 드라이브를 갈 수 없었어요. 그런데 그분은 그들이 보호자 없이 드라이브하는 건 어차피 적절하지 않은 일이니 오히려 잘됐다고 그러더군요. 사실 그분은 저와 드라이브 가려고 말들이 필요했던 건데 말이에요. 정말 웃기지 않나요?

가엾은 셈플 부인은 주일에 낚시 가는 사람들은 나중에 부글부글 끓는 지옥에 떨어진다고 믿고 있어요. 저비 도련님이 어리고 힘없을 때 제대로 훈육하지 못했다며 자책하죠. 그때 가르칠 기회가 있었다면서 말이에요. 게다가 부인은 그분을 교회 사람들 앞에서 자랑하고 싶었을 거예요.

어쨌든 우리는 낚시를 했고(그분이 작은 물고기 네 마리를 잡았답니다), 점심식사로 모닥불에 요리를 해 먹었어요. 그런데 뾰족한 막대기에 꽂혀 있던 물고기들이 불속으로 떨어지는 바람에 약간 재 맛이 났지 뭐예요. 그래도 잘 먹었어요. 우리는 네 시에 집으로 돌아와서 다섯 시에 드라이브를 나갔고, 일곱 시에 저녁 식사를 했어요. 그분은 열 시가 돼서야 제가 잠자리에 들도록 보내주었고, 그래서 지금 이렇게 아저씨에게 편지를 쓰고 있답니다.

이제 조금씩 잠이 밀려오네요. 좋은 밤 되세요.

어이, 키다리 선장님!

그만! 중지! 하, 하, 하, 럼주 한 병 가져와! 제가 어떤 책을 읽고 있는지 아세요? 지난 이틀 동안 우리는 뱃사람과 해적 말투로 대화했죠. 『보물섬』은 정말 재미있지 않나요? 읽어 보셨어요? 아저씨가 어렸을 때는 아직 나오지 않았었나요?

스티븐슨은 원고료로 30파운드밖에 못 받았대요. 위대한 작가가 되어도 꼭 돈벌이가 잘되는 것만은 아닌가봐요. 아마도 저는 학교에서 아이들을 가르치겠죠.

편지에 온통 스티븐슨 이야기만 해서 죄송해요. 지금 제가 그 작가한테 푹 빠져 있거든요. 록 윌로우의 서재에 그 사람 책이 많이 있어요.

이 편지를 2주에 걸쳐 쓰고 있네요. 이제 충분히 길게 썼다 싶어요. 제가 자세하게 쓰지 않았다고 하지 마세요. 아저씨도 여기 계셨으면 얼마나 좋을까요. 그럼 함께 즐거운 시간을 보냈을 텐데요. 저는 제 친구들이 서로 알았으면 좋겠어요. 펜들턴 씨한테 아저씨와 뉴욕에서 알던 사이인지 묻고 싶었어요. 그럴 수도 있다고 생각했거든요. 아저씨도 분명히 같은 상류층 사교계에서 활동하실 테고, 두 분 다 개혁

같은 것에 관심을 두고 있으니까요. 그런데 물어볼 수 없었어요. 제가 아저씨의 진짜 이름을 모르잖아요.

아저씨의 이름을 모르다니, 무엇보다 황당한 일이네요. 리펫 원장님은 아저씨가 독특한 분이라고 경고하셨었죠. 그 말이 맞는 것 같아요!

애정을 듬뿍 담아

주디 올림

추신: 편지를 다시 꼼꼼히 읽어보았더니, 온통 스티븐슨 이야기로 도배한 것만은 아니네요. 저비 도련님 이야기도 한두 번 나오니까요.

☆☆☆

9월 10일

아저씨께

저비 도련님이 떠났어요. 다들 그분을 그리워하고 있어요! 사람이나 장소 또는 생활 방식에 익숙해졌는데, 갑자기 그것들이 없어지면 굉장히 허전하고 허기진 기분이 들죠. 셈플 부인과 대화하는 건 간이 안 된 음식을 먹는 것 같아요.

2주 후면 개강이에요. 다시 공부를 시작하면 기쁠 것 같아요. 그래도 올여름 내내 글을 많이 썼어요. 단편 여섯 편, 시 일곱 편을 썼거든요. 모두 잡지사에 보냈는데 정말 재빨리 되돌아왔어요. 하지만 괜찮아요. 좋은 연습을 했으니까요. 저비 도련님이 그 작품들을 읽어보았어요. 그분이 우편물을 가져오는 바람에 알리지 않을 수가 없었죠. 제 작품들 모두 별로래요. 제가 무엇을 이야기하고 싶은지 전혀 보여주지 못한대요. (저비 도련님은 예의상이 아니라 있는 그대로 말해준 거예요.) 하지만 제가 마지막으로 썼던 작품은, 대학에 관한 내용이었는데, 나쁘지 않대요. 그분이 타자로 옮겨 쳤고, 제가 잡지사에 보냈죠. 그리고 2주가 지났어요. 아마도 그 작품을 요리조리 평가하고 있나봐요.

아저씨도 이곳 하늘을 보셔야 하는데! 기묘한 오렌지 빛이 사방을 비추고 있어요. 곧 폭풍우가 칠 것 같아요.

☆☆☆

방금 전 25센트짜리 동전만 한 빗방울이 떨어지기 시작하더니 덧문들을 마구 두드리네요. 저는 얼른 뛰어가 창문들을 닫아야 했어요. 그 사이 캐리는 지붕에서 비가 새는 곳 아래에 놓을 우유 냄비를 한 아름 들고 다락으로 뛰어 올라갔죠. 다시 펜을 들었을 때, 과수원 나무 밑에 놓고 온 쿠션, 담요, 모자, 매슈 아널드의 시집이 떠오르지 뭐예요. 그것들을 가지러 황급히 뛰어갔다 왔는데, 몽땅 젖어 있었어요. 시집 표지의 빨간색이 안쪽까지 스며들었더라고요. '도버 해안'이 앞으로 핑크색 파도로 물들어버릴 것 같아요.

폭풍우가 치면 시골 마을에 불안감이 감돌아요. 아저씨도 집 밖에 둔 많은 것들이 망가질 수 있다는 걸 늘 염두에 두세요.

목요일

아저씨! 아저씨! 어떻게 생각하세요? 집배원이 지금 편지 두 통을 들고 왔어요.

첫 번째. 제 소설이 채택되었어요. 상금으로 50달러를 받았고요.

세상에! 저도 이제 작가라고요.

두 번째. 대학 총무과에서 편지가 왔어요. 2년 동안 기숙사 비용과 등록금을 내주는 장학금을 받았어요. 한 동문이 기부하는 것인데, '모든 과목의 점수가 우수하며 특히 영어에서 우수한 실력을 보이는 학생'에게 주는 거죠. 그 장학금을 제가 탔다고요! 농장으로 오기 전에 신청했는데, 받으리라고는 전혀 생각지 못했어요. 1학년 때 수학과 라틴어 성적이 형편없었으니까요. 그런데 제가 그럭저럭 잘한 모양이에요. 아저씨, 정말 기뻐요. 이제부터 아저씨한테 큰 부담을 주지 않을 수 있게 되었으니까요. 아마도 글을 쓰거나 개인 교사를 하거나, 아니면 뭐를 해서라도 돈을 벌 수 있을 거예요.

학교로 돌아가 공부하고 싶어서 몸이 근질거리네요.

당신의 제루샤 애벗 올림

(『대학 2년생이 게임에서 이겼을 때』의 저자

신문 가판대에서 10센트에 살 수 있음)

☆☆☆

9월 26일

키다리 아저씨께

다시 대학으로 돌아왔고 이제 한 학년 올라갔어요. 올해 우리 서재는 그 어느 때보다 훌륭해요. 남향인 데다 커다란 창문이 두 개나 있고, 아! 가구가 다 갖춰져 있고요. 용돈을 마음껏 쓸 수 있는 줄리아가 이틀 전에 도착해서 열심히 꾸몄더라고요.

벽지를 새로 바르고 동양식 양탄자를 깔았죠. 마호가니 의자도 갖다 놨어요. 지난해 마호가니 스타일만으로도 너무 행복했었는데, 이번에는 진짜 마호가니 나무의자예요. 우리 방은 그야말로 근사해요! 하지만 저는 이곳에 어울리지 않는 것 같아요. 행여나 잉크 얼룩이라도 남기지는 않을까 늘 조심스럽거든요.

그리고 아저씨가 보내신 편지 한 통이 와 있더군요. 죄송해요. 아저씨 비서분이 보냈다는 뜻이에요.

제가 왜 그 장학금을 받으면 안 되는지 납득할 만한 이유를 알려주시면 안 될까요? 아저씨가 반대하시는 이유를 도저히 모르겠어요. 그렇지만 반대하셔도 소용없어요. 이미 장학금을 받았고, 물릴 수 없거든요! 조금 무례하게 들릴 수도 있지만, 그런 의도는 없답니다.

아저씨는 제게 배움의 기회를 주시면서, 공부를 마치고 학위를 받을 때까지 책임지고 싶으셨겠죠. 그렇지만 잠시만 제 입장에서 생각해보세요. 아저씨가 제 교육에 지불한 만큼 모두 제 빚이 되는 거라고요. 저는 그렇게 많은 빚을 지지 않을 거예요. 물론 아저씨는 제가 그 돈을 갚기를 원하지 않으시죠. 그렇지만 저는 갚고 싶어요. 가능하다면요. 이 장학금 덕분에 빚 갚는 일이 더 수월해지겠죠. 제 남은 인생 전부를 빚 갚는 데 써야 한다고 생각했었는데, 기간이 절반으로 확 줄었어요.

제 입장을 이해해주시고 부디 화내지 말아주세요. 주시는 용돈은 한없이 감사한 마음으로 계속 받겠습니다. 줄리아와 그 애의 가구 수준에 맞는 생활을 하려면 용돈이 필요하거든요! 그 아이 취향이 지금보다 소박하거나 그 아이가 제 룸메이트가 아니라면 얼마나 좋을까요.

편지 내용이 그리 많지는 않네요. 원래는 많이 쓸 생각이었는데, 창문 네 개에 달 커튼과 칸막이 커튼 세 단(아저씨가 바늘땀의 길이를 볼 수 없으니 다행이네요)을 만들어야 해요. 그리고 치약 가루로 황동 책상에 광내기(매우 힘든 일이죠), 손톱용 가위로 그림 걸 때 사용할 철사 자르기, 책으로 가득 찬 상자 네 개 풀기, 짐 가방 두 개에 가득 차 있는 옷 정리하기(제루샤 애벗의 옷 가방이 두 개나 된다니 믿기지 않네요), 또 사이사이에 50명의 친구들과 오랜만에 인사도 나눠야 한답니다.

개학 날은 정말 흥겨워요!

안녕히 주무세요, 아저씨. 아저씨의 병아리가 스스로 살아보려고 애쓰는 것을 너무 기분 나쁘게 받아들이지는 마세요. 활력 넘치는 작은 암탉으로 커가는 과정이니까요. 수많은 아름다운 깃털들로 단장하고 단호하게 꼬꼬댁 울면서 말이죠(모두 아저씨 덕분이에요).

애정을 듬뿍 담아

주디 올림

☆☆☆

9월 30일

아저씨께

아저씨, 아직도 장학금을 마음에 담아두고 계신 건 아니죠? 아저씨처럼 완강하고 고집 세고 비합리적이면서 집요하고 불도그처럼 물고 늘어지며 다른 사람들의 관점 따위는 고려하지 않는 사람은 처음이에요.

제가 모르는 사람들의 호의를 받는 게 싫으신가요?

모르는 사람이라니! 그러면 아저씨는 대체 어떤 사람인가요? 제가 아저씨보다 모르는 사람이 이 세상에 또 있을까요? 저는 길거리에서 아저씨를 만나도 못 알아본다고요. 아저씨가 분별력 있고 양식 있는 사람이라면, 어린 소녀 주디에게 근사하고 기운을 북돋워주는 아버지다운 편지를 써주셨다면, 주디가 이렇게 멋진 아이라서 기쁘다고 말해주셨다면, 그 아이는 나이 지긋한 아저씨 말을 무시하지 않았을 거예요. 그 대신 책임감 있는 딸이 되려고 아저씨의 작은 바람을 순순히 따랐겠죠.

정말이지, 모르는 사람이라니! 스미스 씨는 온실에 살고 계시네요.

게다가 그 장학금은 어떤 호의도 아니에요. 상이라고요. 제가 열심히 공부해서 얻어냈다고요. 영어 점수가 충분히 우수한 사람이 없다면, 학교 위원회는 장학금을 아무에게도 주지 않았을 거예요. 실제로 몇 년간 수혜자가 없었던 적도 있어요. 그렇다 한들 남자와 논쟁해서 무슨 소용이 있겠어요? 스미스 씨는 논리라고는 전혀 없는 성별에 속해 있으니까요. 남자를 설득하는 방법에는 두 가지가 있어요. 구슬리는 것과 무뚝뚝하게 구는 것. 저는 원하는 것을 얻으려고 남자들 비위를 맞추며 달래는 걸 경멸해요. 그래서 무뚝뚝하게 굴 수밖에 없네요.

장학금을 포기하지 않겠습니다. 그리고 아저씨가 계속 그 일을 가지고 걸고넘어진다면, 매달 받는 용돈까지도 거부하겠습니다. 모자란 신입생들을 대상으로 개인 교습을 하면서 신경쇠약에 걸리는 편을 택하겠어요.

이것이 저의 마지막 요구입니다!

잘 들어보세요. 또 다른 생각이 있어요. 제가 이 장학금을 받는 게 다른 사람에게서 교육 기회를 뺏는 것일까봐 걱정되신다면 해결 방법이 있어요. 아저씨가 저에게 쓰시려 했던 돈을 존 그리어 고아원의 다른 여자아이들 교육에 써주세요. 좋은 생각인 것 같지 않으세요? 아저씨가 선택한 다른 아이를 교육하되, 다만 저보다 더 좋아하시지는 않기를 바랍니다.

제가 아저씨 비서분의 편지에 적힌 제안들에 거의 관심을 보이지 않았다고 해서 그 사람이 상처받지는 않겠죠. 설사 상처받는다 해도 어쩔 도리가 없네요. 아저씨, 그 사람은 버릇없는 아이 같아요. 저는 지금까지 그 사람의 변덕에 순순히 따랐어요. 그렇지만 이번에는 단호하게 제 생각을 고수할 계획이랍니다.

완전하고 확고하게 마음먹은
그리고 끝없이 세상과 어우러지고 있는
당신의 제루샤 애벗 올림

☆☆☆

11월 9일

키다리 아저씨께

오늘 검정 구두약 한 병, 새 블라우스에 달 깃과 몇 가지 부속품들, 그리고 제비꽃 크림 한 병과 카스티야 비누 한 조각을 사려고 시내로 출발했죠. 모두 꼭 필요한 물건들이에요. 그것들이 없으면 하루도 편하게 지낼 수 없으니까요. 그런데 차비를 내려고 할 때에야 지갑이 다른 외투에 있다는 사실을 깨달았죠. 그래서 차에서 내려 다음 차를 타야 했답니다. 결국 체육 수업에 늦고 말았고요.

기억력이 나쁜 주제에 외투가 두 벌인 것은 정말 끔찍해요!

줄리아 펜들턴이 크리스마스 휴가를 같이 보내자고 자기 집으로 초대해주었어요. 스미스 씨, 어떻게 생각하세요? 존 그리어 고아원 출신의 제루샤 애벗이 부잣집 식탁에 앉아 있는 것을 상상해보세요. 줄리아가 왜 저를 초대하고 싶은지 이유를 모르겠어요. 최근 그 애가 저한테 집착하는 것처럼 보여요. 솔직히 저는 샐리네 집에 더 가고 싶어요. 그런데 줄리아가 먼저 초대해주었기 때문에, 제가 어딘가로 가야 한다면 우스터가 아닌 뉴욕으로 가야겠죠. 펜들턴 가문 사람들을 한꺼번에 만난다니, 생각만 해도 두려움이 밀려와요. 또 새 옷을 많이 사야 할 것 같기도 하고요. 그래서 말인데요, 친애하는 아저씨가 학교에 조용히 남아 있으라시면 평상시처럼 고분고분 시키시는 대로 하겠습니다.

요즘 짬짬이 시간을 내서 『토머스 헉슬리의 인생과 편지들』을 읽고 있어요. 가벼운 내용이라 틈틈이 읽기에 좋아요. 아저씨, 시조새를 아세요? 새의 일종이죠. 스테레오그나투스는요? 확실치는 않지만, 이빨이 있는 새나 날개가 있는 도마뱀처럼 화석이 발견되지 않는 멸종 동물인 것 같아요. 아, 아니네요. 방금 책에서 봤어요. 중생대 포유동물이군요.

이것은 유일하게 남아 있는
스테레오그나투스의 그림이에요.

머리는 뱀,
귀는 개, 발은 소,
꼬리는 도마뱀,
날개는 백조처럼 생겼고,
작은 털북숭이 고양이처럼
부드러운 털로 뒤덮여 있어요.

올해는 경제학 수업을 신청했어요. 실생활에 유용한 과목이죠. 그 수업을 끝내면 '자선과 개혁' 수업을 들을 거예요. 이사님! 그러고 나면 고아원을 어떻게 운영해야 할지 터득하게 되겠죠. 제게 투표권이 있다면 정말 감탄스러운 유권자가 될 것 같지 않으세요? 지난주에 저는 스물한 살이 되었어요. 정직하고 배울 만큼 배웠고 양심적이고 지적인 저 같은 시민을 버리다니 정말 낭비가 심한 나라예요.

언제나 당신의 주디 올림

☆☆☆

12월 7일

키다리 아저씨께

줄리아네 집에 가도록 허락해주셔서 감사합니다. 침묵은

동의의 뜻이라고 생각할게요.

사교 행사가 열리는 중이에요! 학교 설립자를 기리는 무도회가 지난주에 있었어요. 상급생들만 참석할 수 있어서 우리 모두 올해가 처음이었죠.

저는 지미 맥브라이드를 초대했어요. 샐리는 지미의 프린스턴 기숙사 룸메이트를 초대했고요. 지난여름 샐리네 캠핑장에 왔던 사람이죠. 정말 근사한 빨간 머리 남자예요. 그리고 줄리아는 뉴욕에서 한 남자를 초대했는데 그다지 흥미롭지는 않지만 사교적으로는 흠잡을 데 없는 사람이죠. 그 사람은 드 라 메이터 치체스터 가문과 관계가 있대요. 아마도 아저씨한테는 그 이름이 뭔가 의미가 있겠죠? 하지만 저한테는 그렇지 않답니다.

방문객들 모두 4학년 기숙사에서 차를 마시려고 시간 맞춰 금요일 오후에 왔어요. 그리고 저녁 식사를 하러 호텔로 몰려갔죠. 호텔에 사람들이 넘쳐나는 바람에 당구대 위에서 나란히 자야 했다고 그러더라고요. 지미는 우리 학교 사교 행사에 또 오게 되면, 애디론댁에서 사용하던 텐트를 가져와서 캠퍼스에 치겠다고 했어요.

방문객들은 일곱 시 삼십 분에 총장 환영사를 듣고 무도회에 참석하러 왔답니다. 저희는 일찌감치 행사를 시작하거든요! 남자들 이름을 카드에 미리 적어놓고 다 같이 춤을 춰요. 춤이 끝나면 이름의 첫 글자별로 모이는 거죠. 그래야 다음 파트너들이 쉽게 찾을 수 있으니까요. 예를 들어, 지미 맥브라이드는 누군가 찾으러 올 때까지 'M'이라는 글자 아래서 기다리고 있으면 되는 거죠. (그는 차분하게 기다리지 못하고 막 돌아다니면서 'R'과 'S'는 물론 모든 그룹을 왔다 갔다 했어요.) 지미는 정말 까다로운 손님이었어요. 저와 춤을 세 번밖에 못 췄다면서 뾰로통해 있지 뭐예요. 모르는 여자애들과 춤추는 것이 너무 수줍어서 그랬다고 하더군요.

다음 날 아침에는 학생 합창단 공연에 갔어요. 그 행사를 위한 재미있는 새 노랫말을 누가 썼을까요? 맞아요. 바로 저예요. 아저씨의 어린 고아가 점점 중요한 사람이 되어가고 있다고 할 수 있죠!

어쨌든 이틀간 굉장히 재미있고 활기차게 보냈답니다. 남자들도 그랬던 것 같아요. 어떤 남자들은 천 명이나 되는 여자들을 한꺼번에 본다는 생각에 처음에는 엄청 당황스러워했죠. 그렇지만 금세 적응하더라고요. 저희가 초대한 프린스턴 대학생 두 명은 정말 즐거운 시간을 보냈어요. 예의상 그렇게 말했을 수도 있겠지만요. 그 둘이 저희를 내년 봄 무도회에 초대해주었답니다. 흔쾌히 수락했으니까 반대하지 말아주세요, 아저씨.

줄리아, 샐리 그리고 저 모두 이번에 드레스를 새로 사 입었어요. 옷에 대한 이야기를 좀 해드릴까요? 줄리아는 크림색 새틴에 금 자수 놓은 옷을 입었고 보라색 난초를 꽂았죠. 정말 멋졌어요. 파리에서 온 최고급품이었죠.

샐리의 옷은 테두리에 페르시아 자수가 놓인 담청색 드레스였어요. 빨간 머리와 정말 잘 어울렸죠. 최고급품은 아니었지만 줄리아의 드레스만큼이나 근사했어요.

제 것은 담갈색 레이스와 장미색 새틴으로 장식된 옅은 분홍색 비단 크레이프였어요. 그리고 지미가 보내준 진홍색 장미를 들고 있었죠(어떤 색이 잘 어울릴지 샐리가 오빠에게 알려주었대요). 그리고 우리 모두 새틴 구두와 실크 스타킹, 시폰 스카프로 한껏 멋을 냈어요.

이렇게 세세한 설명이 아저씨에게는 굉장히 인상적일 거예요!

남자에게는 시폰, 베니스식 자수나 수예, 코바늘이 거의 의미 없는 말이죠. 그러니 남자들이 정말 무미건조한 인생을 살고 있다는 생각을 안 할 수 없는 거예요. 반면 여자라면 관심사가 아기든 미생물이든 남편이든 시인이든 하인이든 평행사변형이든 정원이든 플라톤이든 다리든 상관없이, 기본적으로 모두들 옷에 관심이 있어요.

이것은 온 세상을 하나로 단결시키는 자연스러운 감정이에요. (제 생각이 아니에요. 셰익스피어의 희곡에 나오는 거죠.)

하지만 각설하고, 제가 최근 알아낸 비밀을 듣고 싶으세요? 저를 허영심 많은 아이로 생각하지 않겠다고 약속하셔야 해요. 자, 들어보세요.

저는 예뻐요.

정말 그래요. 방 안에 거울이 세 개나 걸려 있는데도 그걸 모른다면 바보겠죠.

친구로부터

추신: 이 편지는 소설에 나올 법한 그런 사악한 익명의 사람이 보내는 것입니다.

☆☆☆

12월 20일

키다리 아저씨께

저는 오늘 수업을 두 개나 듣고, 짐 가방과 옷가방을 싸서 네 시 기차를 타야 해요. 그래서 시간이 조금밖에 없어요. 그렇지만 크리스마스 선물에 대한 감사 인사를 하지 않고는 떠날 수가 없겠더라고요.

모피, 목걸이, 리버티 천 스카프와 장갑, 손수건, 책, 지갑까지 모두 제 마음에 쏙 들어요. 그리고 그 무엇보다 더 아저씨를 사랑해요! 그렇지만 아저씨, 제 버릇을 이런 식으로 망치시면 안 돼요. 저는 한 인간, 그것도 한 여자아이에 불과하다고요. 아저씨가 저를 이렇게 경박하고 세속적으로 살게 만드시는데, 제가 어떻게 끈기 있게 학구적인 삶에 몰두할 수 있겠어요?

존 그리어 고아원의 이사님 한 분이 크리스마스트리를 설치해주시고 일요일이면 아이스크림을 주시곤 했어요. 이제 누가 그랬는지 짐작이 가요. 그 사람은 이름을 밝히지 않았지만, 그 일들을 요모조모 살펴보면 알 수 있죠! 아저씨는 그렇게 선한 일들을 많이 하셨으니 행복할 자격이 있으세요.

안녕히 계세요. 메리 크리스마스!

언제나 당신의 주디 올림

추신: 저도 작은 감사 표시 하나 보내요. 아저씨가 주디를 알게 되면, 그녀가 마음에 드실까요?

☆☆☆

1월 11일

아저씨, 뉴욕에서 지내면서 아저씨께 편지를 쓸 작정이었어요. 그런데 뉴욕은 정말로 정신을 쏙 빼놓는 곳이더군요.

굉장히 흥미롭고 뭔가 배울 수 있는 시간이었어요. 제가 그런 집안 사람이 아니라서 너무 다행이다 싶어요! 진심으로 존 그리어 고아원 출신인 편이 더 낫겠어요. 제 성장 과정에 어떤 문제들이 있었든 적어도 가식은 없었죠. 이제 물질로 사람을 평가한다는 것이 무슨 말인지 알겠어요. 그 집안의 물질적인 분위기가 압도적이었거든요. 돌아오는 기차에 오르기 전까지 제대로 숨 쉬기조차 힘들었어요. 가구들은 모두 하나하나 조각해서 만든 데다 천으로 싸여 있고 화려했죠. 만나는 사람마다 하나같이 근사한 옷차림에 점잖은 목소리로 말하며 예의를 차렸어요. 그렇지만 도착해서 떠날 때까지 진솔한 대화는 한마디도 듣지 못했답니다. 생각이라는 것은 단 하나도 그 집 문턱을 넘어오지 못한 것 같아요.

펜들턴 부인은 보석, 의상 디자이너들, 사교 모임 말고는 아무것도 생각하지 않아요. 맥브라이드 부인 같은 어머니와는 완전히 다르죠! 제가 결혼해서 가정을 꾸린다면, 할 수 있는 한 맥브라이드 집안처럼 만들 거예요. 세상 모든 돈을 다 준다고 해도 펜들턴 가문처럼 아이들을 키우지는 않을 거랍니다. 초대해준 사람들을 흉보는 것은 예의 없는 일이겠죠? 그렇다면, 정말 죄송해요. 이건 아저씨와 저 둘만의 비밀로 해요.

저비 도련님은 딱 한 번밖에 못 만났어요. 차 마시러 오셨을 때였죠. 심지어 단둘이서 대화할 기회는 단 한 번도 없었어요. 지난여름 즐거운 시간을 보낸 터라 좀 실망스러웠어요. 그분 역시 자기 친척들을 그다지 좋아하지 않는 것 같더라고요. 친척들도 그분을 별로 탐탁찮아했고요! 줄리아 엄마가 그러는데 그 사람은 제정신이 아니래요. 사회주의자이기 때문이죠. 머리를 길게 기르고 빨간 넥타이를 매지 않은 게 그나마 다행이래요. 부인은 그분이 어디서 그런 이상한 생각들을 갖게 되었는지 도통 이해하지 못하고 있어요. 그 가문은 여러 세대에 걸쳐 영국 성공회를 믿어왔거든요. 그 사람이 요트와 자동차, 폴로 경기용 말처럼 합리적인 데 돈을 쓰는 게 아니라 말도 안 되는 개혁에 낭비하고 있다는 거죠. 그렇지만 그 돈으로 사탕도 사잖아요! 줄리아와 저한테 크리스마스 선물로 한 상자씩 보내주었거든요.

알고 계시다시피 저 역시 사회주의자가 될 거예요. 싫지 않으시죠? 그렇지만 무정부주의자들과는 달라요. 사람들을 폭탄으로 날려버려야 한다고 믿지는 않잖아요. 저는 어쩌면 애초에 사회주의자가 될 운명이었는지도 몰라요. 원래 서민 계층이니까요. 그렇지만 아직 어떤 사람이 되겠다고 결정한 것은 아니에요. 일요일 내내 그 문제를 살펴보고 다음 편지에 제 원칙들을 말씀드릴게요.

저는 많은 극장, 호텔, 멋진 집들을 보았어요. 줄무늬 마노와 금박, 모자이크 바닥과 야자수 같은 것들이 제 정신을 혼란스럽게 했어요. 아직도 숨이 편하게 쉬어지지 않지만, 학교로 돌아와 책을 펼칠 수 있어서 정말 기뻐요. 저야말로 진정한 학생이네요. 학구적인 차분한 분위기가 뉴욕보다 더 상쾌하게 느껴지니까요. 대학 생활은 아주 만족스러워요. 책과 공부, 규칙적인 수업은 정신을 활기 있게 해준답니다. 마음이 지칠 때면 체육관과 야외 체육 활동을 활용해보세요. 그리고 마음 맞는 친구들을 만나시고요. 저희는 밤새도록 얘기하고 또 얘기하고 또 얘기해요. 그러고 나서 기분 좋게 잠자리에 들죠. 긴박한 세상 문제가 영원히 해결된 것처럼 말이에요. 모든 균열을 채워주는 것은 말도 안 되는 소리들, 작은 것에 대한 바보 같은 농담들에 불과하지만, 상당히 만족스럽답니다. 우리 재치가 얼마나 대단한지 몰라요!

무엇보다 중요한 것은 큰 기쁨이 아니라 작은 것에서 큰 즐거움을 얻어내는 것이죠. 저는 행복의 진정한 비법을 알아냈어요. '현재'에 충실한 삶을 사는 거예요. 과거를 영원히 후회하거나 미래를 막연히 기대하는 것이 아니라, 지금 당장 되도록 많이 얻어내는 것이죠. 농사와 비슷해요. 경작을 크게 할 수도 있고 집중적으로 할 수도 있어요. 전 이 시간 이후부터는 집중적인 삶을 살아갈 거예요. 매 순간을 즐기고, 즐기는 동안 그 사실을 알고 있을 거예요. 사람들은 대부분 인생을 사는 게 아니라 단지 달리고 있을 뿐이에요. 그들은 지평선 저 멀리에 있는 몇 가지 목표물에 도달하려 애쓰고 있어요. 그런 인생의 열기 속에서 숨도 제대로 못 쉬며 헐떡이고 있는 거죠. 자기가 지나온 아름답고 평온한 시골 풍경을 감상할 여유도 없이 말이에요. 그러다 어느새 늙고 쇠약해진 자기 모습을 발견하게 돼요. 목표물에 도착하든 못하든 차이는 없어요.

저는 인생의 길을 가는 사이사이 앉기도 하면서 소소한 행복을 많이 쌓기로 결심했어요. 비록 위대한 작가가 될 수 없다 해도 말이죠. 제가 이런 여성 철학자로 성장하고 있다는 걸 알고 계셨나요?

당신의 주디 올림

추신: 오늘 밤 비가 억수같이 쏟아지고 있어요. 빗방울들이 창틀에 내리치네요.

친애하는 동지여!

만세! 저는 페이비언의 회원이 되었답니다.

페이비언은 기꺼이 기다리는 사회주의자들이에요. 당장 내일 아침에 급진적인 사회 개혁이 이뤄지기를 바라지는 않는 거죠. 다시 전복되고 말 테니까요. 저희는 먼 미래에 점진적으로 그렇게 되길 바라요. 우리 모두 채비를 마치고 충격을 견뎌낼 수 있을 때요.

우리도 준비를 해야죠. 산업과 교육, 고아원 개혁부터 시작하면 되겠네요.

동지애로 똘똘 뭉친

당신의 주디 올림

월요일 3교시

☆☆☆

2월 11일

키다리 아저씨께

편지가 너무 짧다고 기분 나빠하지 마세요. 이건 편지가 아니랍니다. 시험이 끝나면 바로 편지를 드리겠다고 알리는 간단한 통지문에 불과해요. 시험에 통과해야 하는 건 물론이고 성적도 잘 나와야 해요. 장학금 받은 게 부끄러워지면 안 되잖아요.

열심히 공부하는

J. A. 올림

☆☆☆

3월 5일

키다리 아저씨께

커일러 총장님이 오늘 저녁 강연에서 '요즘 세대들은 경솔하고 깊이가 없다'고 했어요. 우리가 성실한 노력과 진정한 학구정신이라는 과거의 이상을 잃어가고 있으며, 특히 조직화된 권위에 눈에 띄게 무례한 태도를 보인다고요. 우리가 더 이상 윗사람들에게 제대로 존경을 표하지 않는다는 거죠.

정신이 번쩍 들어서 예배당을 나왔어요.

제가 너무 스스럼없이 말하고 있나요? 아저씨를 좀 더 품위 있고 정중하게 대해야 하는 건가요? 맞아요, 그래야 돼요. 이제부터 그렇게 할게요.

☆☆☆

친애하는 스미스 씨께

아저씨, 중간고사를 성공적으로 통과했어요! 기쁘시죠? 이제 새 학기 공부를 시작했답니다. 화학 공부를 마치면서 정성적 분석 과정을 끝냈네요. 이제 생물학 공부를 시작했어요. 근데 조금은 주저주저하고 있답니다. 낚시 미끼용 벌레와 개구리를 해부해야 한다는 걸 알고 있으니까요.

지난주 예배 시간에 프랑스 남부의 로마 유적지에 대한 설교를 들었어요. 굉장히 흥미롭고 귀한 내용이었죠. 그 주제에 관해서 그보다 더 분명한 설명을 들어본 적이 없어요.

요즘 영문학 시간에는 워즈워스의 『틴턴 수도원의 시』를 읽고 있어요. 정말 근사한 작품이에요. 범신교에 대한 자기 개념을 얼마나 적절하게 구현해놨는지 몰라요! 셸리, 바이런, 키츠 그리고 워즈워스와 같은 시인들 작품에 나타난 지난 세기 초 고전주의 사조가, 그 이전 시대 고전주의보다 더 매력적인 것 같아요. 시에 대해 말하자면, 테니슨의 『록슬리 홀』이라는 매력적인 작품을 읽어보셨나요?

최근에 규칙적으로 체육관에 다니고 있어요. 감독 시스템이 생기면서 규칙들을 지키지 않으면 정말 불편하게 됐어요. 체육관에는 시멘트와 대리석으로 만든 멋진 수영장이 있어요. 졸업생이 기증했죠. 제 룸메이트인 맥브라이드 양이 제게 수영복을 줬고(줄어들어서 더 이상 입지 못한대요), 곧 수영 교습을 받을 예정이에요.

우리는 지난밤 디저트로 맛있는 분홍색 아이스크림을 먹었답니다. 식물성 색소만 쓴 거죠. 대학은 위생상의 이유로 아닐린 염료 사용을 강력히 반대하고 있어요.

요즘 날씨가 딱 좋아요. 햇살이 화사해요. 그러다 구름이 끼면 가끔 반가운 눈보라와 뒤섞이기도 하죠. 저와 친구들

은 수업을 받으러 오가면서 즐겁게 산책한답니다. 특히 수업 끝나고 돌아오는 길은 너무나 즐거워요.

친애하는 스미스 씨, 평소처럼 건강하시리라 믿어요.

당신의 가장 다정한 제루샤 애벗 올림

☆☆☆

4월 24일

아저씨께

다시 봄이에요! 캠퍼스가 얼마나 예쁜지 보셔야 하는데 아쉬워요. 아저씨가 혼자라도 오셔서 살짝 보시면 좋겠어요. 저비 도련님이 지난 금요일에 다시 들르셨어요. 그런데 타이밍이 정말 안 좋았죠. 저와 샐리와 줄리아가 기차 타러

막 달려 나가고 있었거든요. 어디 가려던 길이었는지 아세요? 괜찮으시다면 말씀드릴게요! 프린스턴이요. 무도회에 참석하고 운동 경기도 관람하려요. 가도 괜찮은지 아저씨께 허락받지 않은 이유는, 왠지 아저씨의 비서가 "안 돼요!"라고 할 것 같아서였죠. 그렇지만 별다른 일은 없었어요. 학교에 결석 허가서를 받은 데다 맥브라이드 부인이 보호자로 따라오셨거든요. 정말 근사한 시간이었어요. 그렇지만 자세한 내용은 생략해야겠어요. 할 이야기가 너무 많은 데다가 복잡하거든요.

토요일

동트기 전에 일어났어요! 야간 경비가 우리 여섯 명을 깨워주었죠. 풍로 달린 냄비에 커피를 끓였어요(그렇게 많은 찌꺼기는 본 적 없으실걸요!). 그러고 나서 해맞이를 하려고 3.2킬로미터 정도 걸어서 원 트리 힐 정상까지 갔죠. 마지막 경사는 거의 기어 올라가야 할 만큼 가팔랐어요! 우리가 도착하기도 전에 해가 뜰 뻔했다니까요. 아침밥은 꿀맛이었죠!

세상에나, 아저씨! 오늘 편지는 절규하듯이 느낌표로 도배하고 있네요.

원래는 나무에 파릇파릇 새싹이 돋은 것, 운동장에 석탄재를 깔아 새 길을 만든 것, 내일 생물 시간에 있을 끔찍한 수업, 더불어 호수에 띄운 새 카누, 캐서린 프렌티스가 폐렴에 걸린 것, 프렉시의 앙고라 새끼 고양이가 집에서 나와 퍼거슨 기숙사에 2주간 살았는데 청소부가 학교에 고발했던 것들을 이야기하려고 했었죠. 제가 흰색, 분홍색, 파란색 물방울무늬 새 드레스와 잘 어울리는 모자를 샀다는 이야기도요. 그런데 지금 졸음이 막 쏟아지네요. 늘 이렇게 변명만 늘어놓게 돼요. 하지만 여자대학은 늘 어찌나 분주한지, 하루가 끝나갈 때쯤에는 피곤해지고 만다니까요! 특히 새벽부터 부산을 떤 날에는 더욱 그렇답니다.

애정을 듬뿍 담아

주디 올림

프렉시의
새끼 고양이를 그린 그림이에요.
그림을 보면 이 고양이 털이
어떤지 아시겠죠.

☆☆☆

5월 15일

키다리 아저씨께

차에 타서 앞만 본 채로 다른 사람들에게는 눈길 한 번 안

주는 게 예의에 맞을까요?

오늘 아름다운 한 부인이 정말 근사한 벨벳 드레스를 입고 전차에 타더니, 무표정한 얼굴로 십오 분 동안 멜빵 광고판만 보고 있더라고요. 자기 말고는 아무도 중요하지 않다는 듯 다른 사람들을 무시하는 건 예의에 어긋나는 것 같아요. 어쨌든 그러면 많은 것을 놓치고 말죠. 그 부인이 우스꽝스러운 간판에 빠져 있는 동안, 저는 흥미로운 사람들로 가득 찬 전차 안을 이리저리 살펴보았거든요.

아래 그림은 처음 그려보는 거예요. 줄에 매달린 거미 같지만 아니랍니다. 체육관 수조에서 수영을 배우고 있는 제 모습이죠.

강사가 제 허리에 두른 띠 뒷면 고리에 줄을 맨 다음, 천장에 있는 도르래에 연결해요. 강사의 성실성을 믿을 수만 있다면 정말 멋진 장치죠. 그렇지만 저는 그 여자 강사가 줄을 느슨하게 할까봐 무서워요. 그래서 한눈으로는 그녀를 주시

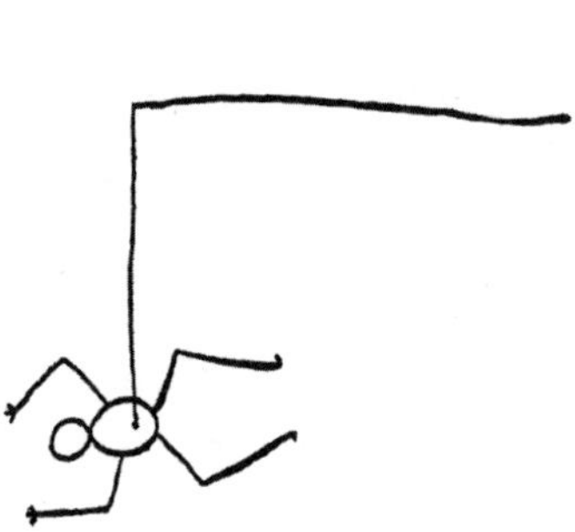

하고 다른 눈으로는 앞을 보며 수영해요. 그렇게 정신이 분산되어 있으니 수영 실력이 빨리 좋아질 리 없죠. 그러지만 않았어도 진도가 더 많이 나갔을 텐데 말이에요.

최근에 날씨가 굉장히 변덕스럽네요. 편지 쓰기 시작했을 때는 비가 내리고 있었는데, 지금은 해가 쨍쨍해요. 샐리와 함께 밖으로 나가서 테니스를 치려고요. 그러면 체육관에는 안 가도 되니까요.

일주일 뒤

이 편지를 이미 한참 전에 마무리했어야 하는데 그러지 못했네요. 편지를 일정한 간격으로 보내지 않아도 괜찮으시죠? 아저씨한테 편지 쓰는 게 너무 좋아요. 편지를 쓰다보면 제게도 가족이 있는 것 같은 좋은 기분이 들거든요. 어떤 이야기를 해드릴까요? 사실 제가 편지를 쓰는 남자가 아저씨만은 아니랍니다. 두 사람 더 있어요! 올겨울, 저비 도련님이 근사한 장문의 편지들을 보내오고 있어요. 물론 줄리아가 알아채지 못하도록 겉봉투는 타자로 쳐서 보내죠. 정말 깜짝 놀랄 만한 이야기죠? 그리고 거의 매주, 프린스턴에서도 노란 편지지에 휘갈겨 쓴 편지가 날아와요. 저는 무슨 업무를 처리하듯, 받자마자 답장을 보낸답니다. 저도 다른 여자아이들과 다를 바 없어요. 이렇게 편지를 받고 있잖아요.

제가 졸업반 연극 동아리 회원으로 뽑혔다는 이야기를 했던가요? 아무나 들어갈 수 있는 곳이 아니에요. 천 명 중 일흔다섯 명만 회원이 될 수 있죠. 제가 한결같은 사회주의자로서 이런 단체에 가입해도 된다고 생각하시나요?

제가 지금 어떤 사회학 분야에 관심을 가지고 있을까요? 피귀레즈 부(생각해보세요)! 저는 지금 '부양자녀의 육아'에 관해 글을 쓰고 있어요. 교수님이 여러 주제를 되는 대로 나눠 주셨는데, 그 주제가 저한테 온 거죠. 쎄 드롤 사 네 파(웃기지 않나요)?

저녁 식사 종이 울리네요. 가는 길에 우체통에 넣을게요!

애정을 듬뿍 담아

J. 올림

☆☆☆

6월 4일

키다리 아저씨께

정신없이 바쁘네요. 열흘 뒤면 학위 수여식이 있고, 당장 내일은 시험 날이에요. 그래서 공부할 것도 많고 싸야 할 짐도 많은데 바깥세상은 왜 그리 아름다운지, 실내에만 있으려니 좀이 쑤시네요.

그렇지만 방학이 가까워오니까 괜찮아요. 줄리아는 이번 여름방학에 외국에 간대요. 벌써 네 번째라지 뭐예요. 세상은 확실히 불공평한 것 같아요. 샐리는 늘 그랬듯 애디론댁 산 캠핑장으로 가요. 제 계획은 뭔지 아세요? 세 가지로 추측해볼 수 있겠죠. 록 윌로우로 간다? 땡! 샐리와 애디론댁으로? 그것도 땡. (다시는 거기 가려고 시도하지 않을래요. 지난해에 낙담의 구렁텅이에 빠져야 했었으니까요.) 어디로 갈지 모르시겠어요? 창의력이 좋지 못하시네요. 아저씨가 심하게 반대하지 않는다고 약속하시면 말씀드릴게요. 제 마음이 이미 확고하다는 것을 아저씨 비서분께 미리 경고하는 바입니다!

이번 여름은 찰스 패터슨 부인과 함께 해변에서 보낼 거예요. 가을 학기에 입학 예정인 부인의 딸을 개인 교습하게 됐거든요. 그 부인은 맥브라이드 집안을 통해서 만났는데 굉장히 매력적인 사람이에요. 부인의 작은딸에게도 영문학과 라틴어를 가르치려고요. 하지만 개인적인 시간도 조금 가질 거예요. 그렇게 해서 한 달에 50달러를 받기로 했어요! 정말 후한 금액 아닌가요? 부인이 액수를 먼저 제안했죠. 저는 쑥스러워서 25달러 이상은 입에 담지도 못했을 거예요.

9월 첫 주를 매그놀리아(부인이 거기 살아요)에서 보낼 거고, 나머지 3주를 록 윌로우에서 보낼 듯싶어요. 셈플 부인과 귀염둥이 동물들이 그립거든요.

아저씨, 제 계획 어때요? 저는 이렇게 차츰 자립하고 있어요. 아저씨가 제 발로 설 수 있도록 도와주셨고, 이제 거의 혼자 걸을 수 있을 것 같네요.

프린스턴의 학위 수여식과 저희 시험 기간이 완전히 겹치고 말았어요. 어쩌면 이럴 수 있나 싶어요! 샐리와 시간 맞춰 나가고 싶었는데 불가능하게 되었죠.

아저씨, 안녕히 계세요. 즐거운 여름을 보내고 충분히 쉬면서 앞으로 한 해 동안 공부할 준비를 잘해서 가을에 돌아올게요. (이것은 아저씨가 제게 해주셔야 하는 말이랍니다!) 저는 아저씨가 이번 여름에 어떤 계획을 세우셨는지, 어떻게 즐기실지 아는 바가 전혀 없네요. 아저씨 주변 환경이 어떤지 상상조차 할 수 없으니까요. 골프? 사냥? 승마? 그것도 아니라면 그냥 햇볕 쬐며 사색하실 건가요?

무엇을 하시든 즐거운 시간 보내시고, 주디 잊지 마세요!

☆☆☆

6월 10일

아저씨께

그 어느 때보다 쓰기 힘든 편지네요. 그렇지만 편지를 쓰기로 결정했어요. 그리고 제가 뱉은 말을 번복할 수는 없겠죠. 올여름 저를 유럽에 보내주시고 싶다니, 아저씨는 정말 친절하고 관대하신 분이에요. 잠깐 동안 그 제안에 몹시 들떴었답니다. 그렇지만 다시 진지하게 생각해보니 안 되겠더라고요. 아저씨 돈으로 대학 공부 하는 것을 거절했으면서, 놀러 가려고 돈을 받는 게 말이 안 되는 것 같아요. 제가 지나치게 호사스러운 것에 익숙해지게 하지 마세요. 애초에 누려보지 못한 것들은 그립지도 않죠. 그렇지만 당연히 자기 것으로 생각하기 시작하면, 그것 없이 살기가 힘들어지는 법이랍니다. 샐리와 줄리아와 함께 지내는 것이 제 금욕주의 철학에는 엄청난 부담이 됐어요. 두 친구 모두 태어나면서부터 많은 것을 누렸으니까요. 그래서 행복도 당연하게 받아들이죠. 그 친구들은 세상이 자기에게 빚지고 있기 때문에 자기가 원하는 대로 응당 해줘야 한다고 생각해요. 어쩌면 정말 세상이 그래주고 있는지도 몰라요. 그 빚을 인정하고 갚아주는 것 같기도 하거든요. 그렇지만 세상은 저한테 그 어떤 빚도 지고 있지 않아요. 아예 처음부터 제게 분명히 못을 박았죠. 저는 외상으로 빌릴 권리가 없어요. 세상이 제 요구를 거부할 때가 올 테니까요.

제가 은유법을 과하게 쓰는 것 같네요. 그렇지만 무슨 말인지 이해하시죠? 어쨌든 저는 확신해요. 제가 할 수 있는 정직한 일은 이번 여름에 가정교사를 하며 자립을 시작하는 것밖에 없다고.

☆☆☆

매그놀리아

나흘 후

편지를 여기까지 쓴 상태에서 어떤 일이 있었는지 아세요? 하녀가 저비 도련님이 보내온 편지를 들고 왔죠. 그분도 이번 여름에 외국에 간대요. 줄리아네 가족과 함께 가는 게 아니라 혼자서 말이죠. 그분에게 아저씨가 한 제안을 이야기했답니다. 여자아이들의 인솔자로 외국에 가는 한 부인을 따라가라고 하셨다고요. 그분은 아저씨에 대해 알고 있어요. 그러니까, 제 아버지와 어머니가 돌아가셨고 한 친절한 신사분이 저를 대학에 보내주신 것 말이에요. 저는 용기가 없어서 존 그리어 고아원과 나머지 속사정들까지 털어놓지는 못했어요. 그분은 아저씨를 제 후견인이자 집안의 오랜 친구라고 생각하고 있어요. 제가 아저씨에 대해 전혀 알지 못한다는 이야기는 하지 않았어요. 너무 이상해 보일 것 같거든요!

어쨌든 그분은 제가 유럽으로 가야 한다고 주장했죠. 그것도 제 교육에 필요한 부분이니 거절할 생각 말라고 하더라고요. 자기도 같은 때 파리에 있을 거라면서, 가끔 그 부인과 떨어져 근사하고 재미있는 이국적인 식당에서 함께 식사하자고 했죠.

아저씨, 그 사람 얘기에 마음이 흔들리기는 했어요! 거의 넘어갈 뻔했다니까요. 그렇게 독재적으로 굴지만 않았어도 제 고집이 꺾였을 거예요. 제 마음을 조금씩 움직일 수는 있겠지만, 억지로 강요당하는 것은 싫어요. 그는 저더러 바보스럽고 멍청하고 비현실적이고 어처구니없고 비정상적이고 고집불통이라고 했답니다(굉장히 모욕적인 말들이 몇 가지 있었는데 잊어버렸어요). 그러면서 저는 아직 뭐가 좋은지 분별하지 못하니까 인생 선배의 판단을 따라야 한다고 했죠. 거의 다투다시피 했어요. 분명치는 않지만, 거의 싸우는 수준이었죠.

어쨌든 저는 얼른 짐 가방을 챙겨 여기로 왔어요. 제가 건널 수 있었던 다리가 불길에 휩싸여 타는 것을 지켜본 다음, 아저씨한테 편지 쓰는 편이 낫겠다고 판단했죠. 이제 그 다리는 잿더미가 되고 말았어요. 지금 저는 패터슨 부인 별장인 클리프 톱에 와 있어요. 아직 짐은 풀지도 못했답니다. 둘째 딸 플로렌스는 벌써부터 첫 어격 변화 명사를 배우느라 진땀을 빼고 있고요. 가르치기가 녹록치 않을 것 같아요! 완전히 응석받이로 자란 아이라 공부 방법부터 가르쳐야 해요. 그 애는 아이스크림 소다수에 집중하는 것보다 어려운 일을 해본 일이 없거든요.

별장의 조용한 구석방을 공부방으로 사용하고 있어요. 패터슨 부인은 제가 아이들과 함께 야외에도 나가길 바라죠. 하지만 푸른 바다와 둥둥 떠다니는 배들을 앞에 두고 집중하는 것은 고문이나 마찬가지예요! 제가 외국으로 가는 저 배들 중 하나에 타고 있다고 생각하면, 라틴어 문법에 집중할 수 있을 리 없잖아요.

전치사 a나 ab, absque, coram, cum, de, e 또는 ex, prae, pro, sine, tenus, in, subter, sub 그리고 super는 탈격을 지배한다.

보세요, 아저씨. 유혹을 뿌리치고 공부에만 집중하고 있어요. 제발, 노여움을 풀어주세요. 제가 친절함에 감사할 줄 모르는 아이라고 생각하지 말아주세요. 저는 언제나 아저씨에게 감사하고 있어요. 제가 빚을 갚을 유일한 방법은 '아주 쓸모 있는 시민'임을(여자들도 시민인가요? 저는 그렇게 생각하지 않는답니다) 증명하는 것이죠. 어쨌든 아주 쓸모 있는 사람 말이에요. 아저씨는 저를 보며, "내가 저 쓸모 있는 사람을 세상으로 이끌었소"라고 말씀하실 수 있을 거예요.

아저씨, 그럴듯하지 않나요? 그렇지만 아저씨가 오해하게 만들고 싶지는 않아요. 때로는 제가 전혀 뛰어나지 못한 것 같다는 기분이 엄습하죠. 앞으로 제가 쌓아갈 사회적인 경력을 계획해보는 것도 꽤 재미있어요. 그렇지만 십중팔구 보통 사람들과 다를 바 없죠. 결국 장의사와 결혼해서 남편에게 영감을 주는 데 만족하며 인생을 끝낼 것 같기도 해요.

당신의 주디 올림

☆☆☆

8월 19일

키다리 아저씨께

방 창문으로 정말 근사한 풍경이 내다보여요. 아니, 바다 풍경이라고 하는 편이 낫겠네요. 온통 물과 바위가 펼쳐져 있죠.

여름이 지나가고 있어요. 오전 시간을 라틴어, 영어, 대수학 그리고 멍청한 두 여자애들과 보내고 있어요. 매리언이 대학에 들어갈 수나 있을지, 설사 들어가더라도 그곳에서 어떻게 버틸지 도무지 감이 안 와요. 플로렌스는 가망이 전혀 없어요. 그런데 얼굴은 정말 예뻐요! 예쁘기만 하다면, 멍청한 것은 그리 중요하지 않은 것 같아요. 그런 아이들이 자기랑 똑같은 멍청한 신랑감과 결혼하지 못하는 불행한 일이 벌어지면, 그 부부의 대화는 얼마나 지루할까요. 뭐, 다행히 그런 사람과 결혼할 수도 있겠죠. 세상에는 멍청한 남자들이 넘쳐나니 말이에요. 올여름 그런 사람들을 많이 만났거든요.

오늘 오후에는 절벽으로 산책을 나가거나 파도가 거세지만 않으면 수영을 할까 해요. 바닷물에서는 수영이 잘 되더라고요. 수영 강습 효과가 벌써부터 보이네요!

저비 펜들턴 씨가 파리에서 편지를 보냈어요. 짧고 간결하더라고요. 제가 자기 조언을 따르지 않았다고 아직 용서하지 않은 모양이에요. 그런데 그 사람이 시간 맞춰 돌아온다면, 개강 전에 록 윌로우에서 며칠간 함께하게 될 것 같아요. 제가 그때 만나서 고분고분하고 다정하고 친절히 대하면 다시 저한테 좋게 대해줄 것 같기는 해요.

샐리도 편지를 보내왔어요. 제가 9월에 2주간 그 야영지에서 지냈으면 좋겠대요. 아저씨한테 허락을 구해야 하는 건가요? 저는 아직도 원하는 대로 할 수 없는 위치에 있는 건가요? 아니요. 저는 이제 제 마음대로 할 수 있어요. 졸업반이잖아요. 여름 내내 일했으니까 건강을 위해 조금 쉬고 싶어요. 애디론댁 산맥도 보고 싶고, 샐리도 보고 싶고, 샐리네 오빠도 보고 싶어요. 그 애 오빠가 카누 타는 법을 가르쳐주기로 했답니다. 그리고 저비 도련님이 록 윌로우에 도착했을 때, 제가 그곳에 없는 것을 알면 무척이나 당황하겠죠. 사실 이것이 제가 그 캠핑장으로 가는 주된 이유예요. 조금 치사하지만 말이에요.

그 사람이 저를 좌지우지할 수 없다는 것을 분명히 알아야 한다고요. 아저씨 말고는 아무도 저한테 이래라 저래라 할 수 없어요. 아저씨조차 늘 그럴 수는 없고요! 이제 숲으로 산책 나가야겠네요.

주디 올림

☆☆☆

맥브라이드네 캠핑장, 9월 6일

아저씨께

아저씨의 편지가 제때 도착하지 않았네요. 그래서 좋지만요. 제가 아저씨 지시대로 따르기를 원하신다면, 적어도 2주 전에는 비서분을 통해 미리 알리셨어야죠. 아시겠지만, 저는 여기에 왔고 벌써 닷새나 지났어요.

숲이 멋지고 캠핑장도 그렇고 날씨도 그래요. 맥브라이드 가족도 마찬가지고요. 온 세상이 그렇답니다. 정말 행복해요!

지미가 카누 타러 가자며 저를 부르네요. 안녕히 계세요. 아저씨가 시키는 대로 하지 않아서 죄송해요. 그렇지만 아저씨는 왜 늘 그렇게 저를 놀지 못하게 하시는 거예요? 여름 내내 일했으니까 저도 2주일 정도는 쉴 자격이 있다고요.

아저씨는 '나 갖기는 싫고 남 주기는 아까워하는' 기질이 다분하세요.

그런 모든 단점에도 저는 아저씨를 여전히 사랑한답니다.

주디 올림

☆☆☆

10월 3일

키다리 아저씨께

다시 학교로 돌아왔고 이제 졸업반이에요. 그리고 학교 월간지의 편집장이기도 하죠. 불과 4년 전만 해도 존 그리어 고아원 원생이었던 사람이 이렇게 출세할 수 있을까요? 미국에서는 뭐든지 빠르게 변하죠!

이 일에 대해서는 어떻게 생각하세요? 글쎄, 저비 도련님이 록 윌로우로 보낸 전갈이 여기로 전달된 거 있죠. 미안하지만 이번 가을에는 그곳으로 갈 수 없다는 내용이었어요. 초대를 받아 친구들 몇몇과 요트를 타러 간다는 거 있죠. 그러면서 제게 즐거운 여름 보내고 시골 생활을 즐기길 바란다고 하더군요.

그 사람은 제가 맥브라이드 가족과 함께 지내는 것을 줄리아한테 들어서 이미 알고 있었어요. 남자들은 여자들에게 꼭 그런 수를 써야 하는가봐요. 물론 아저씨한테는 그런 가벼운 면이 없지만요.

줄리아는 짐 가방 한가득 기막히게 예쁜 새 옷들을 가져왔어요. 특히 리버티크레이프 천으로 만든 무지갯빛 예복은 천국의 천사들이나 입을 법해 보이더라고요. 올해 제가 마련한 옷들이 전례 없이(이런 말이 있나요?) 아름답다고 생각했어요. 재단사가 패터슨 부인의 옷을 그대로 본떠서 값싸게 만들어주었거든요. 그 옷들이 진품과 똑같지는 않아도 행복감에 젖어 있었죠. 줄리아가 짐을 풀기 전까지는 말이에요! 생전에 파리에 가볼 수만 있다면 얼마나 좋을까요?

아저씨, 여자가 아니라 좋으시죠? 저희가 옷 때문에 벌이는 소란이 완전히 어리석어 보이죠? 분명히 그러실 거예요. 그렇지만 전적으로 아저씨가 틀린 거예요.

혹시 불필요하게 화려한 여성복을 경멸하고, 실용적이고 소박한 차림새를 선호했던 한 박식한 교수님에 대해 들어보신 적 있나요? 그 교수의 아내는 남편을 잘 내조하던 사람이라서 그 '의복 개혁'을 받아들여 소박하게 입고 다녔대요. 결국 그 교수가 어떤 짓을 했는지 아세요? 쇼걸과 바람이 나서 달아나고 말았대요.

당신의 주디 올림

추신: 저희 복도를 담당하는 청소부는 일할 때 파란 체크무늬 앞치마를 둘러요. 갈색 앞치마를 사다 주고, 그 파란색 앞치마를 호수에 던져버려야겠어요. 그것을 보면 과거가 떠올라 몸서리가 쳐진답니다.

☆☆☆

11월 17일

키다리 아저씨께

제 작가 이력에 어두운 그림자가 드리워졌어요. 아저씨한테 말할지 말지 고민이네요. 그렇지만 위로, 그러니까, 조용한 위로를 받고 싶어요. 앞으로 편지에서 굳이 언급하면서 상처를 들춰내지만 않으시면 돼요.

지난겨울 저녁마다, 그리고 여름 내내 그 멍청한 아이들에게 라틴어를 가르치지 않을 때 틈틈이 책 한 권을 썼어요. 그리고 개강 직전에 탈고해서 출판사에 보냈어요. 두 달이 지나도록 아무 소식이 없기에 출판사에서 그 원고를 채택했다고 확신했었죠. 그런데 어제 아침, 속달 소포가(요금이 30센트였어요!) 왔더라고요. 제 원고와 함께 출판사에서 보낸 편지가 들어 있었어요. 친절하고 자애로우면서도 솔직한 편지였죠. 그 사람은 제 주소를 보고 제가 아직 대학생이라는 것을 알았대요. 그러면서 제가 모든 열정을 공부에 쏟고 졸업한

후 글을 썼으면 좋겠다고 했어요. 그리고 독자의 의견이 동봉되어 있었는데 그 내용이 이래요.

"줄거리 개연성이 떨어지며, 성격 묘사가 과장되어 있음. 대화는 부자연스러움. 상당히 유머러스하지만 항상 품격 있는 것은 아님. 노력을 멈추지 말라고 전할 것. 때가 되면 제대로 된 책을 쓸 수 있을 것임."

칭찬은 아닌 것 같죠? 저는 제가 미국 문학에 큰 기여를 하고 있다고 생각했어요. 정말로 그랬어요. 졸업 전에 명작을 써서 아저씨를 놀라게 할 계획이었거든요. 지난 크리스마스 연휴 때 줄리아네 집에 머물면서 소설 자료를 수집했어요. 그렇지만 그 편집장 말이 옳은 것 같아요. 아마도 대도시의 예절과 관습 등을 살피기에 2주는 충분하지 않았던 것 같아요.

어제 오후에 산책하러 나가면서 그 원고를 들고 나갔어요. 그러다 보일러실이 보이길래 들어가서 화로 좀 써도 되냐고 관리인에게 물었죠. 그 사람이 정중히 화로 문을 열어주었고, 제 손으로 그것을 불속에 내던졌답니다. 마치 제 속으로 낳은 새끼를 화장하는 기분이었어요!

어젯밤에는 완전히 실의에 빠진 채 잠자리에 들었어요. 앞으로 제가 작가로서 제구실을 못 할 것 같았고, 아저씨가 돈을 허투루 쓰셨다는 생각이 들었거든요. 그런데 아저씨,

어떻게 생각하세요? 오늘 아침에 깨어나니 머릿속에 다른 근사한 줄거리가 떠오르는 거예요. 하루 종일 등장인물들에 대해 구상하고 있어요. 아주 행복해요. 아무도 저더러 염세주의자라고 할 수 없을 거예요! 하루아침에 남편과 자녀 열둘을 지진으로 잃는다 해도, 저는 다음 날 아침 웃으며 기운을 내서 새로운 가정을 꾸릴 사람이에요.

애정을 담아서

주디 올림

☆☆☆

12월 14일

키다리 아저씨께

어젯밤에 정말 재미있는 꿈을 꿨어요. 서점에 들어갔더니 점원이 저한테 『주디 애벗의 생애와 편지들』이라는 제목의 신간을 가져오더라고요. 아주 똑똑히 볼 수 있었어요. 빨간 천으로 싸인 겉표지에 존 그리어 고아원 사진이 붙어 있었죠. 속표지에는 제 초상화가 실려 있고, 그 밑에 '당신의 주디 애벗'이라고 적혀 있고요. 제 묘비에 적힌 글을 읽어보려고 맨 뒷장을 펼치려는데 잠에서 깨고 말았죠. 너무 짜증났어요! 제가 누구와 결혼하고 언제 죽는지 알 수도 있었는데 말이에요.

자기 인생 이야기를 읽을 수 있다면 정말 흥미로울 것 같지 않나요? 전지적 작가가 사실 그대로 쓴 글이라면 말이죠. 그리고 그 글을 읽을 때 이런 조건이 붙는다면 어떨까요? 한 번 읽으면 절대 잊을 수 없으며, 자신이 했던 모든 일이 정확히 어떻게 벌어질지, 그리고 자신이 정확히 언제 죽을지 알고 살아가야 한다! 이러한 조건이 있어도 많은 사람들이 용기 내어 그 글을 읽으려 할까요? 아니면 호기심을 억누르고 책 읽기를 거부할 사람이 많을까요? 희망 없이, 놀랄 일 없이 살더라도 그 책을 읽고 싶은 게 사람 마음일 텐데 말이죠.

아무리 잘해도 삶은 단조로워요. 먹고 자는 일상을 반복해야 하니까요. 그렇지만 예상치 못했던 일들이 끼니 사이사이 일어나지 않는다면 얼마나 치명적으로 단조로울지 상상해보세요. 어머나! 아저씨, 잉크 자국이 번졌네요. 벌써 세 번째 장이라 새 종이에 다시 쓸 수 없겠어요.

올해 생물학을 다시 배워요. 정말 재미있는 과목이죠. 지금은 소화계에 대해서 공부하는 중이에요. 현미경으로 보는 고양이 십이지장의 단면이 얼마나 앙증맞은지 몰라요.

그리고 철학 수업도 들어요. 흥미롭지만 덧없다는 생각이 들죠. 저는 토론 주제가 적힌 종이를 보드에 핀으로 꽂아둘 수 있는 생물학이 더 좋아요. 이런, 또 번졌어요! 또! 펜이 펑

펑 울고 있네요. 펜이 흘리는 눈물을 용서해주세요.

아저씨는 자유의지를 믿으세요? 저는 믿어요. 한 치의 의심도 없어요. '모든 행동은 필연적이며 직접적이지 않은 원인들이 모여서 생긴 자동적인 결과물'이라는 철학자들의 의견에는 동의하지 않아요. 제가 들어본 말 중에서 제일 부도덕한 주장이에요. 아무도 그 어떤 일에 대해서 탓할 수 없다는 거잖아요. 운명론을 믿는 사람은 주저앉아 "주님 뜻대로 하시옵소서!"라고 말할 거고, 죽을 때까지 주구장창 그렇게 앉아 있게 되겠죠.

저는 제 자유의지와 뭔가를 성취할 수 있는 힘을 절대적으로 믿어요. 믿음으로 산을 옮길 수도 있다지요. 아저씨, 부디 제가 위대한 작가가 되는 것을 꼭 지켜봐주세요! 저는 새 책의 네 번째 장까지 마무리했어요. 그리고 초안을 잡아놓은 장이 다섯 개나 더 있어요.

편지가 너무 난해해졌네요. 아저씨, 머리 아프지 않으세요? 이제 그만 줄이고 퍼지 만들어야겠어요. 아저씨한테 한 조각 보낼 수 있으면 좋을 텐데 아쉽네요. 정말 맛있을 거예요. 진짜 크림에다 버터볼을 세 개나 넣으니까요.

애정을 가득 담아

당신의 주디 올림

추신: 체육 수업에서 곡예 수준의 춤을 추고 있답니다. 저희가 얼마나 그럴듯하게 발레를 추는지 아래 그림을 보면 아실 수 있을 거예요. 맨 끝에서 한 발로 서서 돌고 있는 게 바로 저랍니다.

☆☆☆

12월 26일

사랑하는 나의 아저씨께

아저씨! 도대체, 무슨 생각으로 그러셨어요? 여자아이 한 명에게 크리스마스 선물을 열일곱 개나 보내시면 안 되는 거잖아요? 제발 기억해주세요. 저는 사회주의자라고요. 그런 저를 부자로 만들고 싶으신 건가요?

저와 아저씨가 말다툼해야 한다면 얼마나 황당할지 생각해보세요. 이삿짐 마차를 불러 아저씨가 보내신 선물을 돌려보내야겠어요.

불안정하게 생긴 넥타이를 보내서 죄송해요. 제가 직접 뜨개질한 거라 그 모양이에요(아저씨도 안쪽을 보고 당연히 아셨겠지요). 추울 때 목에 두르고, 외투 단추를 끝까지 채우셔야 할 거예요.

아저씨, 수천 번 감사드려요. 아저씨는 이 세상에서 제일 다정하면서도 어리석은 사람일 거예요!

주디 올림

추신: 맥브라이드네 캠핑장에서 딴 네잎클로버 보냅니다. 새해에 행운을 가져다줄 거예요.

☆☆☆

1월 9일

아저씨, 영원한 구원을 보장해주는 좋은 일 하나 하지 않으실래요? 이곳에 정말 형편이 어려운 한 가족이 있어요. 부모님과 자녀 네 명이 함께 살고 있어요. 큰아들 두 명이 더 있지만, 돈 벌러 나가서는 한 푼도 보내지 않고 있죠. 아버지는 유리 공장에서 일하다가 폐병에 걸렸어요. 건강에 몹시 나쁜 일이죠. 지금은 병원에 입원해 있어요. 그래서 그나마 저축해둔 돈까지 모두 썼고, 이제 스물네 살인 맏딸이 가족을 부양하고 있답니다. 그녀는 재봉 일을 하고, 밤마다 장신구에 자수를 놓으며 하루에 1달러 50센트 정도 벌죠. 그나마 일이 있어야 그 정도예요. 어머니는 몸이 허약한 데다 아주 무능력하고 종교에만 의지하는 사람이죠. 어머니가 손을 포개고 앉아 체념해 있는 동안, 딸은 과로와 책임감과 걱정으로 죽을 지경이에요.

그녀는 자기 가족이 남은 겨울 동안 어떻게 버틸지 앞이 깜깜하대요. 제가 봐도 그래요. 백 달러가 있으면 난방을 위한 석탄이랑 동생 세 명이 학교에 신고 갈 신발 정도는 살 수 있고, 행여나 며칠간 일감이 없을 때도 죽을 만큼 전전긍긍하지는 않아도 될 텐데요.

제가 아는 사람들 중 아저씨가 제일 부자예요. 백 달러 정도 할애할 수 있으시죠? 그 아가씨는 저보다 더 후원받을 자격이 충분해요. 그녀를 위한 것 말고 다른 부탁은 하지 않을게요. 그녀의 어머니에게 일어나고 있는 일은 신경 쓰지 않아요. 해파리처럼 아무 생각 없이 흐리멍덩하게 사는 사람이니까요.

사람들은 하늘만 올려다보며, "모든 것이 잘될 거야!"라고 말하죠. 그렇지 않다는 것을 알면서도 말이에요. 그런 방식들을 보면 화가 나요. 겸손, 체념 또는 그 무엇으로 부르든 그저 무력한 타성에 불과하다고요. 저는 조금 더 전투적인 신앙이 좋아요!

요즘 철학 수업은 정말 최악이에요. 내일은 쇼펜하우어에 대해 배워요. 교수님은 저희가 다른 과목도 배운다는 것을 모르시는 것 같아요. 정말 별난 늙은 오리 같은 분이에요. 공상에 잠겨 있다가 가끔 단단한 땅에 발이 닿을 때면 멍하니 눈을 깜빡거리고 있거든요. 가끔 재치 있는 말로 수업을 가볍게 하려고 하면 저희는 최선을 다해 웃어주죠. 그렇지만 그분의 농담은 정말 썰렁해요. 교수님은 수업 사이에 비는 시간에도, 어떤 대상이나 사안이 실재하는 것인지 아니면 그저 그렇다고 생각하는 것뿐인지 고민한답니다.

제가 말씀드린 바느질 아가씨라면 그런 생각은 당연히 하지 않겠죠!

제가 새로 쓴 책이 어디에 있는지 아세요? 쓰레기통에요. 제 눈에도 그 책이 별로더라고요. 저처럼 스스로에게 관대한 작가도 그것을 깨달았는데, 비판적인 독자들은 오죽하겠어요?

나중에

몸이 아파서 침대에 누워 편지 드리네요. 편도선이 부은 탓에 이틀간 병상에 누워 있어요. 따뜻한 우유밖에 못 넘겨요. "어렸을 때 부모님이 편도선을 제거하게 하지 않았나요?"라고 의사가 묻더군요. 제가 그 답을 알 리 없지만, 부모님들이 저에 대해 그리 많은 생각을 하지는 않으셨을 것 같네요.

당신의 J. A. 올림

다음 날 아침

이 편지를 봉하기 전에 다시 읽어보았어요. 제가 인생에 대해 왜 그렇게 우중충한 분위기로 썼는지 모르겠네요. 제가 어리고 행복하고 활기 넘치는 사람이라는 걸 아저씨에게 얼른 말씀드리려고 펜을 들었어요. 아저씨도 같으실 거라고 믿어요.

젊음은 나이와 상관없고 오로지 정신의 활력하고만 관계가 있죠. 그러니 머리가 희끗해도, 아저씨 역시 여전히 소년일 수 있답니다.

애정을 듬뿍 담아

주디 올림

☆☆☆

1월 12일

독지가 선생님께

제가 말씀드린 가족을 도와줄 수표가 어제 도착했어요. 정말 감사드려요! 점심 숟가락을 놓기 무섭게 체육 수업에 빠지고 그 가족에게 갔어요. 그 아가씨의 얼굴을 보셨어야 하는 건데! 굉장히 놀라면서도 행복하고 마음이 편안해서 그런지 더 젊어 보이더군요. 스물네 살밖에 안 됐잖아요. 정말 가엾지 않아요?

어쨌든 그녀는 이제 좋은 일들이 한꺼번에 몰려오고 있는 것처럼 느끼고 있어요. 두 달 치 일감을 받아놓고 일하고 있거든요. 결혼하는 고객이 혼숫감을 맡겼다나봐요.

그녀의 어머니는 그 작은 수표가 백 달러라는 사실을 알고 이렇게 외쳤답니다.

"선하신 주님 감사합니다!"

그래서 제가 말했죠.

"선하신 주님이 하신 일이 아니에요. 키다리 아저씨가 하신 일이죠." (물론 스미스 씨라고 불렀죠.)

"그렇지만 그런 마음을 주신 분은 선한 주님이시죠."

"아니에요! 아저씨 마음을 움직인 사람은 바로 저랍니다."

어쨌든 아저씨! 선한 하느님이 아저씨에게 적절한 보상을 해주시리라 믿습니다. 아저씨는 만 년 정도 지옥행을 면제 받을 자격이 충분하니까요.

정말 감사드리며

당신의 주디 애벗 올림

☆☆☆

2월 15일

위대하신 폐하께 말씀 아뢰옵니다

금일 아침 소인은 냉 칠면조 파이와 거위 고기로 식사를 하고, 전에 한 번도 마셔보지 못했던 중국차를 가지러 갈 사람을 보냈사옵니다.

아저씨, 제가 정신줄을 놨나 싶어 불안에 떠실 필요는 없어요. 새뮤얼 피프스의 글을 인용한 것뿐이니까요. 영국사 자료로 그 사람 글을 읽고 있거든요. 요즘 저는 샐리, 줄리아와 1660년대식 어투로 대화하고 있어요. 자, 들어보세요.

"채링 크로스에 가서 해리슨 소령이 교수형을 당한 뒤, 끌려 내려져서 사지가 찢기는 것을 보았노라. 그는 그런 상황에서도 최대한 낙관적인 모습을 보이었노라."

그리고 또 이런 글도 있어요.

"어제 홍반 열로 세상을 하직한 오라비를 애도하며 근사하게 상복을 차려입은 부인과 식사를 했었노라."

즐거운 시간을 보내기에는 조금 이른 것 같지 않나요? 피프스의 지인 하나는, 왕이 오래 묵어 썩은 식량을 가난한 사람들에게 팔아서 빚을 갚는 아주 교활한 방법을 짜냈답니다. 아저씨는 개혁가로서 어떻게 생각하세요? 제 생각에는 신문에서 떠들어대는 것만큼 요즘 우리가 유난히 나쁜 건 아닌 것 같아요.

피프스는 여자들만큼이나 옷에 신경을 썼어요. 자기 부인이 쓰는 것보다 다섯 배나 많은 돈을 옷에다 쏟아 부었죠. 남편들의 황금시대였던 것 같아요. 이 글 도입부가 굉장히 감동적이지 않나요? 이 사람은 정말 순수한 것 같아요.

"오늘 금단추가 달린 근사한 낙타천 망토가 집으로 배달되었노라. 꽤 비싸다. 그래서 그 값을 치를 수 있게 해달라고 하느님께 기도하고 있노라."

피프스 이야기만 해서 죄송해요. 지금 그 사람에 관한 특별 리포트를 쓰고 있거든요.

아저씨, 어떻게 생각하세요? 기숙사 자치협회에서 열 시 소등 규칙을 없앴어요. 이제 원한다면 밤새도록 불을 켜놓을 수 있게 되었어요. 다른 사람들을 불편하게 하지 않는다는 규칙만 지키면 되죠. 그러니까 여러 명이 모여서 노는 것만 피하면 될 것 같아요. 이번 일로 인간 본성에 대해 조금 더 알게 되었죠. 원하면 얼마든지 밤을 새울 수 있게 되니까, 다들 더 이상 밤을 새려고 하지 않는 거예요. 하나같이 아홉 시면 끄덕끄덕 졸기 시작해요. 아홉 시 반이면 힘없이 쥐고 있던 펜이 손에서 스르륵 떨어지고 말죠.

아홉 시 반이네요. 안녕히 주무세요.

일요일

방금 교회에 다녀왔어요. 조지아 주에서 오신 목사님이 설교하셨어요. 오늘 말씀에 따르면, 감성을 희생해서 지성을 발달시키는 일이 생기지 않도록 주의해야 한다는군요. 그것은 형편없고 무미건조한 설교에 불과하다고 사료되나이다(다시 피프스 말투예요). 미국이나 캐나다 어느 곳 출신이든, 어느 교파에 속하든 목사님들의 설교 내용은 늘 비슷해요. 도대체 그 사람들은 왜 남자대학에 가서 정신적인 노력으로 남자다운 본성을 깨부수라고 촉구하지 않을까요?

오늘은 날씨가 차면서도 맑은 멋진 날이네요. 저녁 식사를 끝내자마자 샐리와 줄리아 그리고 마티 킨과 엘리너 프랫(이 두 친구는 잘 모르실 거예요)과 함께 짧은 치마를 입고 시골길을 가로질러 크리스털 스프링 농장까지 걸어가 튀긴 닭과 와플을 먹기로 했어요. 그러고 나서 크리스털 스프링 씨가 저희를 사륜마차로 기숙사까지 데려다준대요. 원래 일곱 시까지 학교로 돌아올 예정이었는데 오늘 밤만 특별히 귀가 시간이 여덟 시로 연장되었네요.

안녕히 계세요, 친절한 신사분.

제 자신을 아저씨의 가장 충실하고, 신의 있고, 순종적이고,
예의 바른 종이라고 말할 수 있어 영광인
J. 애벗 올림

☆☆☆

3월 15일

이사님께

내일이 매월 첫 주 수요일이네요. 존 그리어 고아원에서는 힘든 날이죠. 다섯 시가 되어 이사님들이 머리를 쓰다듬어주시며 돌아간 뒤, 아이들 마음이 얼마나 편해지는지 아세요! 아저씨도 혹시 제 머리를 쓰다듬으신 적 있나요? 그런 것 같지는 않아요. 뚱뚱한 이사님들만 떠오르네요.

고아원에 제 사랑을 전해주세요. 진정한 사랑이요. 4년이라는 세월을 아련히 되돌아보니 사뭇 애정이 느껴지더라고요. 제가 처음 대학에 왔을 때는 굉장히 분개했더랬지요. 저는 다른 친구들이 누리는 평범한 어린 시절을 강탈당했으니까요. 그렇지만 이제 그런 마음은 털끝만큼도 남아 있지 않

아요. 오히려 그것을 색다른 모험으로 여기고 있어요. 그 덕분에 저는 한쪽으로 비켜서서 삶을 바라볼 수 있으니까요. 다 커서 세상에 나와보니, 유리한 조건에서 자랐던 사람들에게는 없는 세계관이 제게는 있더라고요.

제가 아는 아이들 중 상당수는 자기가 얼마나 행복한지 몰라요. 줄리아 같은 애들 말이에요. 그런 아이들은 그 감정에 너무 익숙해진 나머지, 감각이 죽어버린 거예요. 그렇지만 저는 인생의 매 순간마다 행복하다는 확신을 하죠. 불쾌한 일이 벌어지더라도 그런 확신은 계속될 거예요. 저는 그런 일들을(심지어 치통까지도) 흥미로운 경험으로 삼을 거고, '그런 일들이 어떤 것인지 안다는 것'을 기쁘게 생각할 거예요.

"하늘이 제 위에서 어떤 일을 하든 어떤 운명이든 저는 받아들일 거예요."

그렇지만 아저씨, 존 그리어 고아원을 향한 이 새로운 애정을 지나치게 문자 그대로 받아들이지는 말아주세요. 루소처럼 제게도 다섯 명의 아이들이 있다면, 저는 그 아이들이 그저 잘 크게 하려고 고아원 계단에 버리지는 않을 거니까요.

리펫 원장님에게 안부 전해주세요. (이 정도가 맞는 것 같아요. '사랑'이라는 표현은 너무 과한 듯해요.)

사랑을 듬뿍 담아

주디 올림

☆☆☆

록 윌로우, 4월 4일

아저씨께

제 편지에 찍힌 소인을 확인하시나요? 부활절 휴가 동안 샐리와 함께 록 윌로우 농장을 환히 밝히고 있답니다. 열흘간 조용한 곳에 가 있는 것이 저희가 할 수 있는 최선이라고 결정했거든요. 저희는 퍼거슨 기숙사에서 더 이상 한 끼도 견뎌낼 수 없을 정도로 예민해져 있어요. 피곤에 절어 있을 때 400명 넘는 학생들과 한 공간에서 식사하는 것은 굉장히 힘든 일이죠. 어찌나 시끄러운지 맞은편 사람이 확성기처럼 손을 입에 대고 소리 질러야 대화가 가능하니까요.

저희는 언덕을 오르고 책을 읽고 글을 쓰며 쉬고 있답니다. 오늘 아침에는 스카이 힐 정상까지 올라갔어요. 저비 도련님과 함께 저녁을 만들어 먹었던 곳이죠. 벌써 2년이 지났다니 말도 안 돼요. 아직도 그때 피웠던 모닥불에 검게 그을린 바위가 그대로 있는데 말이죠. 어떤 장소와 사람이 연결되어 있어서 그 장소에 가면 반드시 그 사람을 떠올리게 되니 참 재미있어요. 그 사람 없이 이곳에 있으니 외로움이 밀려왔답니다. 딱 이 분간요.

제가 최근에 어떤 일을 했는지 아세요? 구제불능이라 여기시겠죠. 다시 책을 쓰고 있답니다. 3주 전부터 시작해서 진도를 팍팍 나가고 있어요. 저한테는 남모르는 비밀이 있잖아요. 저비 도련님과 그 편집자가 옳았어요. 자기가 잘 아는 내용을 쓸 때 가장 설득력 있는 법이죠. 그래서 이번에는 제가 속속들이 아는 것에 대해 글을 쓰고 있어요. 어떤 이야기일지 아시겠어요? 존 그리어 고아원에서 경험했던 이야기예요! 꽤 괜찮아요. 저는 그렇게 믿고 있어요. 그곳에서 매일 벌어지는 아주 사소한 일들에 관한 것이죠. 지금 저는 현실주의자예요. 낭만주의는 잠시 묻어두었어요. 그렇지만 나중에 모험으로 가득한 저만의 미래가 시작될 때 다시 낭만주의로 돌아갈 거예요.

이번 책은 꼭 마무리를 잘해서 출판할 거예요. 그리 되는지 안 되는지 두고 보시라니까요. 정말 간절히 원하고 꾸준히 노력한다면 결국 얻게 되는 거잖아요. 저는 아저씨에게서 편지 한 통 받아보겠다는 일념으로 4년간 꾸준히 노력하고 있고, 아직 포기하지 않았답니다.

안녕히 계세요, 친애하는 아저씨.

애정을 듬뿍 담아

주디 올림

추신: 참! 농장 소식 전하는 것을 깜빡했네요. 그런데 좀 마음이 아파요. 괜히 심란해지고 싶지 않다면 이 추신은 보지 마세요.

가엾은 늙은 말 그로브가 죽었어요. 음식을 씹지 못할 지경이 돼서 총으로 쏴 죽였어요. 그리고 지난주에 병아리 아홉 마리가 족제비나 스컹크, 아니면 쥐 때문에 죽었답니다.

젖소 한 마리가 아파요. 그래서 보니릭 포 코너스에서 수의사를 불러야 했죠. 아마사이가 아마씨유와 위스키를 먹이려고 밤새 곁을 지켰죠. 그런데 그 가엾은 병든 젖소는 아마씨유밖에 먹지 못했을 거라는 의혹이 있어요.

삼색 털 얼룩 고양이 '감상적인 토미'가 사라졌어요. 덫에 걸린 게 아닌가 걱정하고 있어요.

세상에는 참 많은 사건 사고들이 있죠!

☆☆☆

5월 17일

키다리 아저씨께

편지를 아주 짤막하게 써야 할 것 같아요. 펜에 눈길만 줘도 어깨가 아파오니까요. 하루 종일 강의 내용을 적고, 밤마다 불후의 명작을 탄생시킬 일념으로 글을 많이 쓰다보니 이 지경이 됐죠.

다음 주 수요일부터 3주간 학위 수여식이에요. 아저씨도 오셔서 저를 만나주세요. 안 오시면 미워할 거예요! 줄리아는 저비 도련님을, 샐리는 지미 맥브라이드를 초대했어요. 저는 누구를 초대해야 하죠? 아저씨와 리펫 원장님밖에 없잖아요. 그런데 원장님을 부르기는 싫어요. 제발 와주세요.

글을 많이 써서 팔이 아프지만
사랑을 듬뿍 담아
당신의 주디 올림

☆☆☆

록 윌로우, 6월 19일

키다리 아저씨께

저도 이제 어엿한 지성인이 됐어요!

졸업장을 제일 좋은 옷 두 벌과 함께 책상 맨 아래 서랍에 넣어두었죠. 여느 졸업식과 다를 바 없었어요. 중요한 순간에 소나기가 몇 차례 내린 것 빼고는요.

보내주신 장미꽃 감사해요. 너무 근사했어요. 저비 도련님과 지미도 제게 장미를 선물해주었어요. 그렇지만 그 꽃다발들은 욕조에 담가두고 아저씨가 보내신 꽃다발만 졸업 행진에 들고 갔어요.

올여름에는 록 윌로우에서 지낼까 해요. 어쩌면 영원히 그곳에 있어야 할지도 모르죠. 숙박비가 저렴하고, 주위 환경이 조용해서 집필하는 데 도움이 되니까요. 고군분투하는 작가가 무엇을 더 바라겠어요?

저는 제 책에 완전히 몰입해 있어요.

깨어 있는 순간은 늘 책에 대해 생각하고, 밤에는 책에 대한 꿈을 꾸죠. 저는 평온과 조용함 그리고 작업할 수 있는 충분한 시간만 원할 뿐이랍니다. 사이사이 영양가 넘치는 식사를 곁들이면서 말이죠.

저비 도련님이 8월에 일주일 정도 다녀갈 예정이고, 지미 맥브라이드가 여름에 잠깐 들른대요. 지미는 지금 금융회사에서 일하는데 전국을 돌아다니며 은행에 채권을 팔고 있거든요. 코너스에 있는 '파머스 내셔널 은행'에 오는 김에 저도 만나기로 했어요.

록 윌로우에 있어도 사교생활이 그다지 부족하지는 않죠. 아저씨도 차 몰고 오실 수 있기를 기대해볼게요. 가능성 없는 이야기라는 것은 알지만요.

졸업식에 오지 않으신 시점부터 제 마음에서 아저씨를 떼어내 영원히 묻어버렸어요.

문학사 주디 애벗 올림

☆☆☆

7월 24일

가장 친애하는 키다리 아저씨께

일하는 거 재미있지 않나요? 혹시 아저씨는 일해보신 적이 없는 건가요? 세상에서 가장 해보고 싶었던 일을 하면 특히 재미나죠. 저는 올여름 하루도 안 빼고 펜이 말을 듣는 한 빠르게 글을 쓰고 있어요. 유일한 어려움은 제 머리 안에 들어 있는 아름답고 소중하고 재미있는 생각을 다 써낼 만큼 시간이 길지 않다는 것뿐입니다.

책은 두 번째 수정을 마쳤고, 내일 아침 일곱 시 반에 세 번째 수정에 들어갈 예정이에요. 이 책은 전에 없이 최고로 근사한 책이에요. 어찌나 글이 쓰고 싶은지 아침에 옷 입고 식사하는 시간도 아깝다니까요. 글을 쓰기 시작하면 쓰고 또 쓰다가 결국 온몸이 지쳐 축 처지고 말죠. 그러면 새로운 양치기개 콜린과 함께 들판을 시원하게 내달리면서 다음 날 쓸 신선한 생각들을 충전해요. 이 책은 최고로 근사한 책이에요. 죄송해요. 방금 한 말을 또 했네요.

제가 자만에 차 있다고 생각하지는 마세요. 안 그러실 거죠?

그렇게 자만하지 않아요. 지금은 그저 열정을 쏟는 단계예요. 아마도 나중에는 냉정해지고 비판적이 되어서 제 작품을 보며 콧방귀를 뀌어대겠죠. 아니에요! 그러지 않을 거예요. 이번엔 진짜 책을 쓰고 있으니까요. 두고 보세요.

잠깐 다른 이야기 좀 드려볼까 해요. 아마사이와 캐리가 지난 5월에 결혼했다는 말씀 안 드렸죠? 결혼 후에도 이 농장에서 일하고 있어요. 그런데 제가 보기엔 결혼으로 그 두 사람 모두 망가진 것 같아요. 결혼 전, 캐리는 아마사이가 진흙탕에 빠지거나 바닥에 재를 흘리는 것만 봐도 웃곤 했었어요. 하지만 이제는 잔소리만 퍼부어대죠. 그리고 더 이상 머리를 예쁘게 말지도 않아요. 자상하게 양탄자의 먼지를 털어주고 땔감을 옮겨주곤 했던 아마사이는 이제 그런 일을 부탁받으면 마냥 투덜대요. 게다가 전에는 진홍색과 보라색 타이를 맸었는데 이제는 검은색과 갈색 같은 거무죽죽한 것들만 맨다니까요. 저는 절대 결혼하지 않기로 마음먹었어요. 분명 결혼은 모든 게 악화되어가는 과정일 뿐이에요.

농장에는 별 소식이 없어요. 가축들의 건강 상태도 아주 양호해요. 돼지들은 유난히 살이 올라 있고, 젖소들은 만족스러워 보이고, 암탉들도 알을 잘 낳고 있어요. 가금류에 관심 있으세요? 그럼 『1년에 200개 알을 낳는 암탉』이라는 아주 유용한 소책자를 추천해드리고 싶네요. 저는 내년 봄에 병아리를 부화시켜서 구이용 영계들을 키워볼까 생각 중이에요. 록 윌로우 농장에 영원히 자리 잡는 거죠. 앤서니 트롤럽의 어머니처럼 114편의 소설을 쓸 때까지 이곳에 머물기로 결정했답니다. 제 필생의 일을 마무리지으며 은퇴한 뒤, 여행을 다닐 수 있겠죠.

지미 맥브라이드가 지난 일요일에 와서 함께 지내다 갔어요. 저녁으로 닭튀김과 아이스크림을 먹었죠. 두 가지 음식 다 맛있어했어요. 정말 반갑더라고요. 세상이 존재한다는 사실을 잠시나마 깨닫게 해줬거든요. 가엾게도 지미는 채권을 팔러 다니느라 고생하고 있어요. 파머스 내셔널 은행은 채권을 사서 6~7퍼센트 정도의 이자를 얻을 수도 있는데 별로 관심을 보이는 사람들이 없나봐요. 제 생각에 지미는 그 일을 그만두고 우스터로 돌아가 아버지 공장에서 일해야 할 것 같아요. 지미는 유능한 금융가가 되기에는 지나치게 솔직하고 인정 넘치고 친절하거든요. 잘나가는 작업복 공장의 관리자도 꽤 욕심나는 자리죠. 그렇지 않나요? 지금은 작업복에 콧방귀도 안 뀌지만 언젠간 그 길로 가게 될 거예요.

손이 아픈데도 이렇게 길게 썼다는 것을 높이 사주시길 바라요. 그렇지만 저는 아저씨를 사랑하고 매우 행복하답니다. 사방에 아름다운 풍경이 펼쳐져 있고, 먹을 것도 풍부하고, 기둥이 네 개인 편안한 침대에 종이 뭉치와 잉크도 넉넉하게 가지고 있네요. 더 이상 무엇을 바랄 수 있겠어요?

언제나 당신의 주디 올림

추신: 집배원이 몇 가지 소식을 들고 왔어요. 금요일에 저비 도련님이 오셔서 일주일 정도 보내다 갈 것 같아요. 정말 기뻐요. 가엾은 제 책이 곤란을 겪게 되겠지만 말이에요. 저비 도련님은 요구 사항이 많거든요.

☆☆☆

8월 27일

키다리 아저씨께

아저씨, 어디에 계신지요? 아저씨가 이 세상 어디에 계신지는 몰라도 이 끔찍한 날씨에 뉴욕에 계시지 않길 바랍니다. 산꼭대기에 계시면 좋겠네요. 물론 스위스 말고, 저와 더 가까운 그 어딘가요. 그곳에서 쌓인 눈을 바라보며 제 생각을 하시면 좋겠어요. 제발 저를 생각해주세요. 저는 너무나 외로워요. 그래서 누군가가 제 생각을 해주었으면 좋겠어요. 아, 아저씨! 제가 아저씨를 안다면 얼마나 좋을까요? 그러면 우리가 불행할 때 서로를 위로해줄 수 있을 텐데요.

저는 더 이상 록 윌로우에서 지낼 수 없을 것 같아요. 다른 데로 갈까 생각 중입니다. 샐리는 내년 겨울 보스턴에서 사회 복지 사업을 시작할 거래요. 그 애와 함께 가면 좋을 것 같지 않으세요? 함께 작은 아파트를 빌려서 살면 되니까요. 그 애가 일을 하는 동안 저는 글을 쓰고, 저녁이 되면 함께 시간을 보낼 수 있겠지요. 셈플 부인, 캐리와 아마사이 부부 말고는 대화 상대가 없다보니 밤이 너무 길어요. 물론 작은 아파트를 빌리고 싶다는 제 생각이 달갑지 않으시겠죠. 아저씨 비서분이 어떤 편지를 보낼지 안 봐도 뻔하네요.

제루샤 애벗 양께

친애하는 아가씨,

스미스 씨는 아가씨가 록 윌로우에 남기를 바라십니다.

그럼 안녕히 계세요.

엘머 H. 그릭스

저는 아저씨 비서분이 싫어요. 엘머 H.그릭스라는 이름의 남자는 정말 진절머리 나는 사람이에요. 그렇지만, 아저씨! 정말로, 보스턴으로 가야 할 것 같아요. 더 이상 여기에 머물 수 없어요. 곧 무슨 일이 벌어지지 않는다면, 저는 절망에 빠진 심정으로 곡식 저장고에 뛰어들고 말 거예요.

세상에! 너무 더워요. 풀이란 풀은 죄다 햇볕 때문에 비쩍 말라버렸고 개울은 바닥을 드러냈죠. 그리고 길에서 먼지가 풀풀 올라와요. 몇 주째 비가 오지 않고 있어요. 이 편지를 읽으시면, 제가 광견병에라도 걸린 것처럼 보이겠죠? 그렇지 않아요. 저는 그저 가족이 필요할 뿐이에요.

안녕히 계세요. 아주 많이 좋아하는 나의 아저씨.

당신을 알고 싶은 주디 올림

☆☆☆

록 윌로우, 9월 19일

아저씨께

제게 어떤 일이 벌어졌고, 그래서 조언이 필요하답니다. 세상 다른 그 누구보다 아저씨의 조언이 필요해요. 아저씨를 뵐 수 있을까요? 글로 쓰는 것보다는 말로 하는 게 더 쉽거든요. 아저씨 비서분이 이 편지를 열어볼까 걱정되니까요.

주디 올림

추신: 저는 몹시 슬프답니다.

☆☆☆

록 윌로우, 10월 3일

키다리 아저씨께

아저씨가 아주 꼬불꼬불한 친필로 쓰신 메모가 오늘 아침 도착했어요. 아프시다니 정말 속상해요. 그 사실을 알았더라면 제 개인적인 일로 아저씨를 괴롭히지 않았을 텐데요. 제 고민을 말씀드리기는 하겠지만, 글로 쓰기에는 굉장히 복잡해요. 게다가 아주 사적인 일이고요. 제발 이 편지를 다 읽으신 후 보관하지 마시고 태워주세요.

말씀드리기에 앞서, 천 달러짜리 수표를 같이 보냅니다. 제가 아저씨께 수표를 보낸다는 게 웃기지 않나요? 그 돈이 어디서 났는지 짐작하시겠어요?

드디어 제 원고를 팔았어요. 7부로 나누어서 연재한 다음, 나중에 한 권으로 묶어서 출판할 거예요! 제가 기뻐 날뛰고 있으리라 생각하시겠지만 그렇지 않아요. 그냥 심드렁한 상태예요. 물론 아저씨께 빚을 갚기 시작한 것은 너무 기쁘죠. 이제 빚이 2천 달러 정도 남았어요. 나눠서 갚게 되었네요. 돈을 보시고 너무 불쾌해하지 말아주세요. 빚을 갚으니 저는 행복하답니다. 아저씨한테 단순한 돈 이상으로 많은 것을 빚지고 있으니 평생에 걸쳐 감사와 사랑으로 나머지를 갚아나갈게요.

그리고 아저씨, 이제 다른 일에 대해 말씀드릴게요. 그 이야기가 아저씨 마음에 들든 들지 않든 풍부한 세상 경험을 바탕으로 조언해주세요.

저는 늘 아저씨에게 특별한 감정을 가지고 있답니다. 아저씨는 제게 가족 같은 분이니까요. 그런데 제가 다른 남자에게 더 특별한 감정을 가지고 있다면 싫으시죠? 그 상대가 누구인지 짐작하실 수 있을 거예요. 꽤 오랫동안 제 편지에는 저비 도련님에 관한 이야기들이 자주 등장했으니까요.

그가 어떤 사람이고 저희 둘이 얼마나 다정한 사이인지 아저씨를 충분히 이해시킬 수 있으면 좋겠네요. 우리는 매사에 생각이 같아요. 제가 그 사람의 생각에 맞춰가는 것은 아닌지 걱정될 정도죠. 그렇지만 그 사람이 늘 옳아요. 저보다 14년이나 더 살았으니 그래야겠죠. 하지만 한편으로 철없는 소년 같기도 하고 보살핌이 필요한 사람이죠. 비가 와도 우비 입을 생각을 안 할 정도니까. 그 사람과 제가 재미있다고 생각하는 것이 늘 같아요. 그런 것이 꽤 많아요. 함께하는 두 사람의 유머 코드가 다르다면 정말 끔찍하죠. 그 어떤 것으로도 그 틈을 메울 수 없으니까요!

그리고 그 사람은…… 세상에! 그 사람은 단지 그 자신일 뿐이고, 저는 그 사람이 보고 싶어 미치겠어요. 온 세상이 텅 빈 듯하고 마음이 아파와요. 달빛이 싫어요. 아름답지만 함께 감상할 그 사람이 없으니까요 아저씨도 누군가를 사랑해 보셨으니까 무슨 말인지 아시죠? 그렇다면 제가 구구절절 설명하지 않아도 되겠죠. 모르신다면 제가 아무리 설명한들 알아듣지 못하실 테고요.

어쨌든 제 기분이 딱 그래요. 제가 그의 청혼을 거절했거든요. 그 사람한테는 이유를 말하지 않았어요. 아무 말도 입 밖으로 나오지 않더라고요. 그래서 굉장히 속상했어요. 아무 말도 생각나지 않았어요. 이제 그 사람은 떠나버렸죠. 제가 지미 맥브라이드와 결혼하고 싶어 한다고 오해한 채 말이에요. 저는 그럴 생각이 전혀 없어요. 지미는 어른스럽지 못하거든요. 그런데도 저비 도련님과 저는 오해로 뒤얽혀 있어요. 둘 다 서로의 마음에 생채기를 냈어요. 제가 그 사람을 떠나보낸 이유는 사랑하지 않아서가 아니에요. 오히려 그 사람을 너무 많이 좋아하기 때문이죠. 그 사람이 나중에 후회할까봐 두려웠어요. 그런 일은 견딜 수가 없을 테니까요! 일가친척도 없이 살아온 사람이 그런 대단한 가문으로 시집을 가는 게 적절하지 않아 보였어요. 그리고 저는 제 자신이 누군지도 모른다고 설명하는 게 정말 싫었어요. 제가 너무 지독한 여자인가요? 어쨌든 그 사람의 가문은 자부심이 대단하잖아요. 저 역시 그렇긴 하지만요!

게다가 저는 아저씨에게도 약간의 의무감을 느껴요. 작가가 되도록 교육받았으니까 진짜로 작가가 되기 위해 적어도 노력은 해야 하는 거죠. 아저씨 덕분에 교육을 받았는데 제대로 써먹지도 못하고 떠나는 것은 옳지 않잖아요. 그렇지만 제가 돈을 갚아나가고 있으니 채무를 부분적으로 이행하고 있는 셈이죠. 결혼하면 작가가 되지 말라는 법도 없고요.

두 가지 중 반드시 하나만 택해야 하는 것은 아니니까요.

저는 그 일을 놓고 꽤 신중히 생각하고 있어요. 물론 그 사람은 사회주의자라 고리타분한 사람은 아니에요. 그래서 서민 계급인 사람과 결혼하는 것도 꺼려하지 않는 거겠죠. 두 사람이 서로 잘 맞고, 함께하면 좋고, 떨어져 있을 때 외롭다면, 세상의 그 무엇도 그들을 갈라놓아서는 안 돼요. 저는 그렇게 믿고 싶어요! 그렇지만 아저씨의 이성적인 의견을 듣고 싶어요. 아저씨도 한 가문에 소속되어 있으실 테니까, 동정심이나 인간적인 견해가 아니라 세상의 관점으로 살펴봐 주세요. 아저씨께 이 이야기를 털어놓기까지 얼마나 용기를 냈을지 아시잖아요.

저는 그 사람에게 지미가 아니라 존 그리어 고아원 때문에 청혼을 거절한 거라고 해명하고 싶어요. 그렇게 하면 너무 끔찍할까요? 엄청난 용기가 필요하겠죠. 차라리 남은 인생 동안 우울하게 사는 편이 나을지도 몰라요.

그 일이 있은 지 거의 두 달이 지났어요. 그 이후로는 그 사람에게서 연락이 전혀 없어요. 상처받은 마음에 서서히 적응하고 있었는데, 줄리아가 보낸 편지 한 통이 제 마음을 다시 뒤흔들고 말았어요. 그 애는 아무렇지 않게, '저비 삼촌이 캐나다에서 사냥하던 중 밤새 폭풍우를 맞았고, 폐렴을 앓고 난 이후로 계속 아프다'고 알려왔어요. 저는 그런 줄 몰랐어요. 그 사람이 한마디 말도 없이 사라져서 마음이 아팠거든요. 그 사람이 너무 안쓰러워요. 저도 마찬가지고요!

아저씨는 제가 어떻게 하는 것이 옳다고 생각하세요?

주디 올림

☆☆☆

10월 6일

가장 친애하는 키다리 아저씨께

네, 아저씨 말대로 하겠습니다.

다음 주 수요일 오후 네 시 삼십 분에 뵙도록 할게요. 당연히 혼자 찾아갈 수 있어요. 뉴욕에 세 번이나 가봤고 어린애도 아니잖아요. 정말 아저씨를 만나 뵐 수 있다니 믿기지 않아요. 아주 오랫동안 머릿속으로 생각만 해서 그런지 아저씨가 실재하는 사람처럼 여겨지지 않았거든요.

건강도 좋지 않으신데, 저를 그렇게 신경 써주시다니 정말로 친절하시네요. 몸 잘 챙기시고 감기 조심하세요. 이번 가을비가 굉장히 축축해요.

애정을 듬뿍 담아

주디 올림

추신: 방금 전 끔찍한 생각이 떠올랐어요. 혹시 집사가 있나요? 집사가 문을 열면 저는 계단에서 기절하고 말 거예요. 그 사람한테 뭐라고 말해야 하는 건가요? 아저씨 진짜 이름을 알려주지 않으셨잖아요. 스미스 씨를 찾으면 될까요?

목요일 오전

너무나 사랑하는 나의 저비 도련님, 키다리 아저씨, 펜들턴, 스미스 씨께

간밤에는 잘 주무셨나요? 저는 잘 못 잤어요. 거의 한숨도요. 너무 놀랍고 흥분되고 당황스러우면서도 행복했기 때문이죠. 제가 앞으로 다시 잠자거나 먹을 수 있을지 모르겠어요. 그렇지만 아저씨는 잘 주무셨기를 바랍니다. 그러셔야죠. 그래야 빨리 나아서 저를 보러 오실 테니까요.

아저씨가 그토록 아프셨다고 생각하니 견딜 수가 없네요. 저는 그런 줄도 몰랐어요. 어제 의사 선생님이 저를 택시에 태우면서 사흘간 아저씨를 포기했었다고 말하더군요. 만약 정말 그런 일이 벌어졌더라면, 이 세상에서 빛이 사라지고 말았을 거예요. 어느 날, 아주 먼 훗날에 둘 중 하나가 먼저 세상을 떠날 수는 있겠죠. 그렇지만 적어도 행복을 누렸으니 품고 살아갈 추억은 남을 거예요.

원래는 아저씨께 기운을 불어넣어드리려고 했는데, 오히

려 제가 기운을 내야겠네요. 지금 저는 꿈꿔왔던 것보다 더 행복하지만 동시에 더 경직되어 있거든요.

아저씨에게 무슨 일이 일어날 수도 있다는 두려움이 제 가슴속에 그림자처럼 드리워져 있어요. 예전에 제가 늘 경솔하고 부주의하고 둔감했던 것은 잃을 만한 소중한 것이 없었기 때문이죠. 그렇지만 이제 평생 동안 안고 갈 '엄청나게 커다란 걱정거리'가 생겼어요. 아저씨가 저와 떨어져 있을 때마다 자동차에 치이면 어쩌나, 간판이 머리 위로 떨어지면 어쩌나, 입으로 세균이라도 들어가면 어쩌나 정말로 걱정하게 될 것 같아요.

부디 어서 나으세요. 손 내밀면 닿을 수 있는 가까운 곳에서 아저씨가 실제 사람인지 확인하고 싶어요. 우리가 그날 함께 한 시간은 고작 삼십 분에 불과했죠! 꿈에서 깰까봐 두려워요. 제가 그저 아저씨 집안 사람 중 하나, 그러니까 먼 친척이라도 되면 좋겠어요. 그러면 매일 가서 큰 소리로 책도 읽어드리고, 베개도 잘 정돈해주고, 아저씨 이마의 잔주름도 펴드리고, 입꼬리를 살짝 올려 활기찬 미소를 띠게 해드릴 수 있을 테니까요.

그렇지만 다시 기운을 찾으셨죠? 어제 제가 나오기 전에는 그랬었잖아요. 의사 말이, 아저씨한테는 제가 좋은 간호사 같대요. 아저씨가 10년은 더 젊어지셨다고 그러더라고요. 사랑에 빠진다고 모든 사람들이 10년씩 젊어지는 것은 아니기를 바라요. 행여나 제가 더 어려져서 열한 살처럼 보인다 해도 계속 좋아해주실 거죠?

어제는 정말 멋진 하루였어요. 새벽에 록 윌로우에서 출발한 아가씨가 밤에 다른 사람이 되어서 돌아왔으니까요. 그날 셈플 부인이 저를 새벽 네 시 삼십 분에 깨웠어요. 어둠 속에서 정신을 차리자마자 '키다리 아저씨를 보러 가는 거야!'라는 생각부터 들더라고요. 부엌에 촛불을 켜놓고 아침 식사를 한 다음, 10월의 가을빛이 물든 멋진 길을 따라서 8킬로미터 정도 마차를 몰아 기차역으로 갔어요. 가는 길에 동이 트고 붉은 단풍나무와 층층나무가 진홍색과 오렌지색으로 달아올랐죠. 돌담과 옥수수밭은 서리 옷을 입은 채 반짝이고 있었고요. 공기는 차면서 맑았고 기대감이 잔뜩 어려 있었어요. 저는 뭔가 특별한 일이 일어날 거라고 직감했어요.

기차를 타고 가는 내내 '주디, 키다리 아저씨를 보는 거야!'라며 끝없이 주문을 외웠어요. 그러자 마음이 안정되었답니다. 저는 아저씨가 상황을 바로잡는 능력이 있다고 확신하고 있었어요. 그리고 어딘가에서 다른 사람이, 아저씨보다 더 사랑스러운 사람이 저를 보고 싶어 한다는 느낌이 들었죠. 이 여행이 끝나기 전에 그 사람을 만나게 될 것 같은 기분도 들었답니다.

보세요, 정말 그렇잖아요!

매디슨 가에 있는 집에 도착해보니, 갈색 집이 얼마나 으리으리하고 삼엄해 보이던지 감히 들어갈 엄두가 안 났어요. 그래서 주위를 빙빙 돌며 용기를 끌어모았죠. 그렇지만 두려워할 필요가 없었더라고요. 집사가 어찌나 인상 좋고 자애로운 노인인지 곧 편안한 기분이 들었거든요.

"애벗 양이시죠?"

집사가 묻기에 그렇다고 했죠. 스미스 씨 계시냐고 물어볼 필요가 없었어요. 집사가 저더러 응접실에서 기다리라고 말했어요. 아주 엄숙하면서 남성미가 물씬 풍기는 화려한 거실이더군요. 저는 천 덮개를 씌워놓은 커다란 의자 끝자락에 앉아 혼자서 이렇게 중얼거렸답니다.

"이제 키다리 아저씨를 보는 거야! 키다리 아저씨를 만나는 거라고!"

이내 집사가 돌아와서는 서재로 가자고 했어요. 너무 흥분한 나머지 제 발로 걷는 게 좀처럼 쉽지 않았어요. 문 앞에 이르자 집사가 몸을 돌려 속삭이더군요.

"아가씨, 그분이 지금 몹시 아프답니다. 오늘 처음으로 일어나 앉으셨죠. 그분을 흥분시킬 정도로 오래 계시지는 않을 거죠?"

그 말을 들으니 집사분이 아저씨를 얼마나 사랑하는지 알 수 있었죠. 오랜 친구인가봐요!

집사가 노크를 하며 “애벗 양이십니다”라고 말했어요. 저는 안으로 들어서서 문을 닫았죠.

환했던 복도에서 안으로 들어가니 너무 어두워서 순간 아무것도 알아볼 수가 없겠더라고요. 잠시 후 벽난로 앞에 놓여 있는 커다란 안락의자와 윤이 나는 티 테이블이 눈에 들어왔죠. 그 옆에 놓인 더 작은 의자도 보였고요. 곧 큰 의자에 앉아 있는 한 남자가 보였어요. 쿠션으로 등을 받친 채 무릎에 담요를 덮고 있었죠.

제가 미처 말리기도 전에 그 사람이 일어섰어요. 조금 비틀거리면서요. 그리고 의자 등받이를 잡고 균형을 잡으면서 아무 말 없이 저를 쳐다보았어요. 그런데, 그런데, 그 사람이 당신이었어요! 눈으로 보고 있으면서도 도통 상황 파악이 안 됐죠. 아저씨가 뜻밖의 만남을 주선하려고 당신을 그곳으로 데려왔다고 생각했어요.

그러자 당신이 웃음을 터뜨리고 손을 뻗으면서 말했죠.

“귀여운 주디, 내가 키다리 아저씨인 줄은 몰랐지?”

순간 뭔가가 번쩍했죠. 이런! 제가 너무 바보 같았어요! 제가 눈치가 조금만 더 있었어도 알아챌 수 있는 단서들이 백 가지는 되었을 거예요. 전 훌륭한 탐정이 될 소질은 없나봐요. 그렇죠, 아저씨? 아니 저비? 어떻게 불러야 할까요? 그냥 저비라 부르면 너무 점잖지 못하게 들리겠죠. 저는 아저씨를 그렇게 대할 수는 없다고요!

즐거운 삼십 분이 흐르고 의사가 들어와서 저를 내보냈죠. 역에 도착했을 때 어찌나 멍한지 세인트루이스행 기차를 탈 뻔했다니까요. 아저씨도 그래 보이더군요. 저한테 차 대접하는 것도 깜빡하셨잖아요. 하지만 우리 둘 다 정말 정말 행복해요. 그렇죠? 어둠을 뚫고 록 윌로우로 마차를 몰아 돌아오는데, 밤하늘의 별들이 유난히도 반짝였어요. 그리고 오늘 아침 콜린을 데리고 산책을 나가 아저씨와 함께 걸었던 곳에 가서 그 당시 모습들을 떠올렸답니다. 오늘 숲은 청동빛 윤기가 흐르고 공기에서는 서리 기운이 흠뻑 느껴졌어요. 아저씨와 함께 이곳에서 언덕을 오르면 얼마나 좋을까요. 사랑하는 저비, 당신이 너무 그리워요. 그러나 행복한 그리움이네요. 우리는 곧 함께할 테니까요. 우리는 서로에게 속한 척하는 것이 아니라 진정으로 속해 있어요. 제가 결국 누군가에게 속하게 되다니 조금 묘하지 않나요? 정말 달콤한 기분이에요. 단 한순간도 당신이 후회하지 않도록 할게요.

영원한 당신의 주디가

추신: 저의 첫 연애편지네요. 그런데 제가 연애편지 쓰는 법을 알다니 참 재미있지요?

옮긴이 이선희

숙명여자대학교 독어독문학과와 경영학과를 졸업했고, 성균관대학교 번역테솔대학원 번역학과를 졸업했다. 동국제강 경영기획팀에서 수년간 근무했으며 현재는 출판번역 에이전시 베네트랜스에서 전속 번역가로 활동 중이다. 옮긴 책으로는『어느 이슬람 여인의 회심』『날마다 새롭게』『소통의 기술』『디펜딩 더 언디펜더블』등이 있다.

키다리 아저씨

초판 1쇄 발행 | 2018년 8월 16일

지은이 | 진 웹스터
옮긴이 | 이선희

펴낸이 | 이삼영
책임편집 | 카후
마케팅 | 푸른나래
디자인 | 호기심고양이

펴낸곳 | 별글
블로그 | http://blog.naver.com/starrybook
등록 | 제 2014-000001 호
주소 | 경기도 고양시 덕양구 오금로 7 305동 1404호(신원동)
전화 | 070-7655-5949 팩스 | 070-7614-3657

ISBN 979-11-86877-85-2
979-11-86877-81-4(세트)